TAKE
SHOBO

極道若頭の恋契り

極上愛撫にとろキュンが止まりません！

月乃ひかり

ILLUSTRATION
天路ゆうつづ

CONTENTS

イラスト／天路ゆうつづ

極道若頭の恋契り

極上愛撫にとろキュンが止まりません！

プロローグ　秘めた恋心

「パァーン……！」

蒼天を突き抜けるかのごとく、ピストルの怒号が轟き渡った。

白い硝煙が風に流れて、彼方へと消えていく。

心臓は今にも爆発しそうなほどの勢いで、狂ったように早鐘を打ち始めた。

──神様、お願い……。

六花は胸の前で両手を組み、たった一つの想いを込めてその男を目で追った。

彼の瞳は前を見据え、射るような鋭い光を湛えている。いつもの穏やかな面影は消え、しなやかな体躯はまるで豹のように敏捷だ。

──すごい、速い。

片腕に小さな娘を抱きかかえ、はるか先の獲物に狙いをつけて駆け抜けて行く。すると、あちこちからキャァー、という耳を劈くような悲鳴が炸裂した。

彼が軽やかにジャンプして、その獲物に喰らいついたのだ。

そう、彼の前にぶら下がっていた、『あんパン』に。

六花も負けずに、――いや、だいぶ周りの黄色い声援に怯んではいるが、思い切って声をあげた。

「は、華ちゃんのパパ、頑張って――！」

目下、片思い中のその人を目で追いかけた。

叶うことのない恋心。

それを誰にも見せることなく、ひそかに心の奥にしまいこんだまま。

「パン食い競争決勝戦、一位でゴールしたのはひまわり組の篁華ちゃんとそのお父さんです！」

園庭にアナウンスが流れると、大きな歓声と拍手が湧いた。

今日は、天羽六花が保育士として勤めている「よつば保育園」の親子運動会だ。

子供たちによる玉入れやダンス、年少から年長組までの混合綱引きのあとは、恒例のパン食い競争だ。

保護者の有志がこぞって参加するこの種目は、よつば保育園の運動会を締めくくる目玉イベントになっていた。

もちろん、お母さんも参加できるが、ジャンプしてパンに喰らいつかないといけないため、参加者の殆どがお父さんだ。

どのお父さんも子供にカッコいい所を見せようと、プライドをかけた真剣勝負で競争に挑む。子供たちばかりでなく、父親の活躍を目の当たりにできるため、ママさんにも大人気の種目だった。

今日一日、すべての競技で大きな怪我をする子供もなく、六花はほっとしながらこの最後の種目に胸を躍らせていた。

時は十月。六花が住んでいる北国は紅葉真っ盛り。時折ひんやりした風が肌を撫でるが、まさに秋晴れの運動会日和。

少し動いただけで、汗ばむくらいの陽気だった。

たいていのお父さんたちは、Tシャツにジーンズといういで立ちだったが、六花が密かに心を寄せている人、年中組の篁華ちゃんのパパ——、篁龍雅は、白のコットンTシャツに黒いテーラードジャケットを合わせ、袖をちょっとだけまくり上げている。

長い脚は、ぴったりとした淡いグレーのストレッチパンツを履いていた。

ただ歩くだけでも、逞しい太腿の筋肉が浮き出ている。

ジャケットの下のコットンTシャツの上から、くっきりと胸板が盛り上がり、なんだか男っぽさを感じてドキドキしてしまう。

六花は、一等賞と書かれた三角の旗棒を彼に渡す係だ。あえて彼の体軀を意識しないようにして笑顔を作った。

「華ちゃんのパパ、すごい！　決勝戦での一等賞、おめでとうございます！」

「ありがとう。六花先生がゴールで応援してくれたお陰かな」

篁は片手でその旗棒を受け取ると、一口かじっただけのあんパンを「はい、おすそ分け」と六花の口元に持っていく。

「えっ？」

「はい、六花センセ、あーん。このアンパン、うまいよ。駅前に新しくできたベーカリーのだよね？」

「えっ、えっ……、んんっ」

つい、ぱくり、と一口かじってしまう。

これって、これって、もしや間接キス……？　と余韻に浸る間もないまま、彼の愛娘の華と側にいた六花の姪である陽菜の二人が騒ぎ出した。

「あっ、パパ、ずるーい。はなもそのアンパンたべたい！」

「ひなにもちょーだい～」

篁は苦笑して手に持っていたアンパンを二つに割って、華と陽菜に差し出した。

かぷりと小さな口で頬ばる子供たちが可愛い。

「ふふ、華ちゃん、なんと一等の賞品は、駅前のベーカリーのアンパン十個の商品券だよ！　はい。おめでとう」

やったー！　と喜ぶ華に、篁が笑いながら言った。

「華、俺たち二人だと食べきれないから、半分、陽菜ちゃんにあげたら？　陽菜ちゃんの応援のお陰で一等賞が獲れたし」

「うん、そうする！　ひなちゃん、おうえんありがとう！」

「あっ、まって篁さん、お気持ちは嬉しいのですがこれは篁さんと華ちゃんが頑張った結果なので……」

「華も自分のことのように応援してくれる陽菜ちゃんのためにも、絶対一等賞をとってあげてって言っていたから、陽菜ちゃんのおかげでもある」

さっそく華からあんパン券を五枚もらって嬉しそうな陽菜を見て、返しなさいとは言えなかった。

「……ありがとうございます」

「気にしないで」

篁のさりげない優しさに、六花は心に温かいものが流れ込んだ。

そう、優しい華ちゃんとそのパパの篁さんは、私と陽菜を気遣ってくれたのだ。

陽菜は一年ほど前に、不慮の事故で亡くなった六花の姉の子だ。しかも父親は誰か分からない。姉がシングルマザーとして陽菜を育てていたのだ。

母親がいなくなってしまった陽菜を、唯一の肉親である六花が引き取り、自分の勤め先であるこのよつば保育園に仕事中は預けていた。

それはとてもありがたいが、もちろん、デメリットもある。

保育園の運動会では、親子競技がたくさんあるが、六花は保育士でもあるため、運動会の運営を優先しなければならない。

そのため陽菜との親子競技には、ほとんど参加できなかった。

お父さんやお母さんと参加した子供たちは、たとえビリの子でも参加賞のお菓子をもらって嬉しそうだ。

もちろん、六花は運動会の後にでも、陽菜の好きなお菓子をたくさん買ってあげようと思っていた。そうはいっても陽菜は子供ながらに、去年、一緒に親子競技に参加したはずの母親がいないことを分かっているようだ。

お母さんと参加している子たちを羨ましそうに目で追って、なんとも寂しそうだった。

そんな陽菜の様子に篁は気が付いてくれたのだろう。

篁親子は、陽菜が母親を亡くしたのと同時期に入園してきて、まだ間もない。けれども六花たちの事情を知っているようだった。

きっと陽菜の母親のことについて、他のお母さんたちが話しているのを耳にしたのだろう。

興味本位の噂には参加せずに、今日のようにさりげなく気を使ってくれる。そんな彼の優しさに惹かれないはずがない。

閉会式の後、もう一度お礼を伝えようと思ったとき、六花はチーフから呼ばれてしまった。

「六花センセー、これ、ここにあるの全部、片づけお願い！」

「あ、はーい！」

そう言われて先輩保育士に指示されたのは、跳び箱と重いマットレスに平均台。

そうだった。

運動会が終われば、園児と親は楽しそうに家路につく。でも、保育士たちには片づけが残っている。これが意外と重労働で大変なのだ。

六花はどちらかというと、絵本を読んだり歌を歌ったりする方が得意で、身体を動かすのが苦手だった。

「陽菜、片づけが終わるまで、園庭のブランコで遊んで待っていてね」

「はぁい」

一人で駆けていく小さな後姿を見送った後、六花は「よいしょっ」と掛け声をかけて跳び箱を持ち上げようとした。だが急にふわっと軽くなって驚く。

「あっ……」

「お手伝いしますよ」

篁がさっと手を伸ばし跳び箱を軽々と持ち上げた。

「篁さん、お疲れなのに申し訳ないです」

「いや、全然。最近身体がなまっていたみたいだ。まだ動き足りないから。重いのはまかせて」

幼児用の小型の跳び箱とはいえ、木でできているのでかなり重い。なのにひょいっと持ち上げて園庭の倉庫にてきぱきとしまい始めた。

身体がなまっているわけなんかない。だって、服を着ていても鍛えていることが分かる体つきだもの。

跳び箱だけでなく、なんと平均台も軽々と肩に担いで、重いものを率先して片づけてくれている。

園長や他の先生たちも、次々と篁にお礼の言葉をかけていた。

イケメンでコミュ力も気遣いも満点。しかも仕事はＩＴ業界では有名な、海外とも取引をしている企業のＣＥＯらしい。

そんな篁が今もシングルでいるのが不思議だった。

「六花先生、それもかしてごらん。持つよ」

「あっ……」

六花が持っていた椅子を取ろうとした瞬間、少しだけ篁の指先が六花の手に触れた。骨ばった男らしい指だ。少し掠めただけなのに、なんだか甘くときめいてしまう。

だが、もちろん保育士が父兄に恋するなんてご法度だ。

たとえシングルの男性であっても、保育士が園児の親と恋仲になってはいけないのは、暗黙の了解だ。

それでも、ゆき場のない恋心を自分の心の中に募らせるだけなら罪はないだろう。

六花は篁が触れた皮膚の温もりが冷めないように、もう片方の手でぎゅっと包み込んだ。

彼の恋人になる人は、あの逞しい指で頬を優しく撫でられたりするんだろうな……。

切望に似た想いが湧き上がってきて、苦笑した。

——彼ほどの男性なら、当然、恋人だっているだろう。

心にツキンとした痛みを感じつつ、六花は篁の後姿を目で追った。

だが、この時の六花には想像もつかなかった。

まさかたった二ヶ月後に、あの指先で自分の秘められた部分をとろとろに蕩けさせられてしまうことを。

壱ノ章「仁」　初恋は甘く淫らに

「ふぅ、寒い……！　もうこの一週間、ずっと毎朝、結構な雪よね。本当にいやになっちゃう」

早朝から、六花は古い自宅の玄関回りと、通勤に使う愛車の周辺を重点的に雪かきをした。これでようやく家から出られるようになる。

「あとちょっとしたら陽菜を起こさないと」

冷たくなった手に息を吹きかけ、急いで家の中へと戻る。玄関には亡くなった祖母と姉の写真が飾ってあった。

今は祖母が遺したこの古い家で、姪っ子の陽菜と六花の二人暮らしだ。

この家に、雪かきをお願いできるような頼れる男の人はいない。大黒柱は私なんだもの、弱音など吐いていられない。

コートの袖に舞い降りた雪の結晶が、じわりと解けて消えていく。

六花は二ヶ月ほど前の運動会で、率先して後片付けを手伝ってくれた篁を思い出した。

季節はもうすっかり、六花(雪の結晶)という名前にぴったりのシーズンになっている。

祖母が遺した古い家は、地下鉄駅からかなり離れた山の手にあり、冬は車がないと通勤ができない。

しかもこのところ降る雪は、水分を含んだ重たい雪で、毎日の雪かきはかなり重労働だった。

——うん、ダイエットにもなるし、これぞ朝活？　だよね。

だが、もともと六花はダイエットなどする必要のないほど華奢（きゃしゃ）である。姉には、「胸だけはよく育ったね、腰が細くて胸が大きいって、男が好きそうな身体つきよ、男にはくれぐれも気を付けてね」とよく心配されていた。

でもそんな姉の気遣いは杞憂に過ぎなかった。

六花の体つきを褒めてくれる恋人のひとりも、未だかつて現われたことがない。

二十四歳にもなって、男性とお付き合いしたことがないのだ。

小中高は姉妹二人で生きることに必死だったし、学生のうちは資格を取ることで精一杯で、色恋にのめりこむ余裕などどこにもなかったから……。

そう心の中で弁解する。

六花と亡くなった姉の透子（とうこ）は、小学校の時から両親と離れ、北国で一人暮らしをしている祖母に引き取られて育った。

両親は六花が小学校に上がった年に離婚。

しかも父も母も再婚して新たな家庭を築くことになった。母のお腹には新しい旦那さんの赤ちゃんが、そして父の新しい奥さんも、妊娠が分かったばかりだった。

ありていに言えば、六花と姉の透子は両親にとってはお荷物だった。二人はどこにも居場所がなくなったわけだ。

初めは両親の再婚にあたり、父と母が姉と自分のどちらかを、一人ずつ引き取って育てることを提案された。

だが、六花も姉の透子も姉妹が離れることを絶対に嫌だと泣いて拒否した。六花も大好きな姉と離れるのはいやだったし、姉の方も六花以上に、親の都合で引き離されるのは嫌だときっぱりと断った。

そのため困り果てた両親は、母方の祖母に懇願し、祖母が二人を引き取って育ててくれることになった。

以来、本当の両親とは、ほとんど交流することもなく、今も疎遠だ。

祖母も年老いていたため、文字どおり姉妹は身を寄せ合うように暮らしていた。

優しかった祖母も六花が高校一年生の時に他界。

祖母の年金と両親の養育費でなんとか暮らしをやりくりしていたが、祖母亡きあと、養育費だけでは、二人が生活することはできなかった。

しかもその養育費も十八歳までの約束だ。

そこで姉は高校を卒業すると同時に、上京して銀座のクラブで働き始めた。六花を短大に進学させるために。

六花は姉にそんなことはさせられないと断った。だがスタイルも良く美人だった姉は銀座という夜の世界で自分の力を試してみたいと瞳を輝かせた。

だから六花も進学すればいいし、六花のしたいことを応援すると言ってくれた。

六花はありがたく進学させてもらい、幼稚園教諭と保育士の資格を取って、姉に頼らずに独り立ちしようと考えた。

晴れて短大を卒業し、就職も決まった時は、姉もとても喜んでくれた。

その頃、姉の透子は、銀座でも指折りの売れっ子ホステスになっていて、六花の大学費用どころか生活費も余裕たっぷりの仕送りをしてくれていた。そのおかげで勉強に打ち込め、念願の資格を取得できたのだ。

そんな姉には感謝してもしきれないし、幸せになってほしい。六花にとっては小学校の時からお互いに支え合ってきた、たった二人きりの姉妹だ。

だがそんなある日、いきなり銀座から姉が実家のある札幌に舞い戻ってきた。

なんとその腕に、生まれたばかりの赤ちゃんを抱えて。

妊娠していることを全く教えてくれなかったのはなぜなのか。

父親が誰なのか、問いただしても何も言わない透子に、六花はそれ以上追及するのを止めた。姉には姉なりの事情があるだろうし、たとえそれがどんな事情でも、六花は姉を全面的にサポートすることを厭わなかった。

姉は銀座で稼いだお金で、市内の繁華街にクラブをオープンし、お店の経営も子育ても順調だった。だが、そんな矢先、交通事故で他界してしまう。

当時、三歳になったばかりの陽菜を抱えて、六花は悲しみにくれる余裕もなかった。自分よりも、もっと心に痛手を受けているであろう陽菜の前では、ずっと笑顔を絶やさずにいた。まるで自分の子供のように、姉の分まで陽菜を可愛がった。

だが、気がかりなのは陽菜の父親が誰だか分からないことだ。

姉のスマホや手帳には、なんの手掛かりも遺されていなかった。

それでも姉のスマートフォンの写真を一枚一枚丁寧に確認すると、唯一、画像フォルダにそれらしいものが残されていた。

殆どが銀座のクラブ時代や陽菜の写真ばかりだった。でも、たった一枚、ベッドに横たわる上半身裸の男の寝姿が写っていた。

色香の漂う写真にどきっとする。

情事のあとに姉がこっそり恋しい人の寝姿をスマホで撮ったものかもしれない。

画像は暗くてよく見えないが、均整の取れた体軀の男性の背中には、うすぼんやりと龍と赤い花らしき刺青が描かれている。

しかも前髪で隠れてじっくり目を凝らして見ないと分らないが、男の閉じた濃い睫毛の目元にはうっすらと小さな泣きぼくろが写っていた。

明らかにカタギではない男性。

だから言えなかったのだろうか。

もしかして姉はその男に捨てられたのだろうか？

当時、姉が働いていた銀座のクラブのホステス仲間にも聞いてみたが、写真の画質が悪かったせいもあり、手掛かりは全くつかめなかった。

「あっと、いけない。もうこんな時間！　陽菜、起きて～」

「うーん、りっかちゃん、おはよ。あのね、ママがゆめにでたの。ひなのこと大しゅきっていってた」

「……そっか、良かったね……。きっと陽菜がおりこうさんだからだね。あ、ほら、お顔を洗って朝ご飯のおにぎり食べてね。陽菜の好きなりんごヨーグルトもあるよ」

「はぁ～い。またママにほめられたいから、ひな、いい子になる」

こんな日は胸がぎゅっと締め付けられる。どんなに自分が母親の代わりをしても、本当の母親には叶わないのだ。姉が亡くなって一年がたち、陽菜は四歳になった。

本当のママは天国にいると、小さな心でなんとなく分かってはいるようだ。けれども、きっとママが恋しいはずだ。

――陽菜、本当のママには程とおいけど、私、頑張るからね。

陽菜が頼れるのは叔母である私だけ。陽菜のためにも逞しく生きて行かなきゃならない。

絶対に何があっても陽菜だけは幸せにする。そう決めたんだもの。

＊　＊　＊　＊　＊

「りっかせんせい、おはよー」

「華ちゃんおはよう。今日も元気がいいね」

保育園に出勤した六花は、陽菜をクラス担任に引き渡し、次々と来園する親子を玄関先で出迎える。

八時半から九時頃までが、来園のピークなのだが、六花の意中の人は少し時間をずらした九時過ぎにやってくる。

彼の愛娘である篁華ちゃんは、陽菜よりもひとつ年上の五歳だ。父親の遺伝なのか頭の回転のいいおしゃまな女の子で、陽菜ととても仲良しだ。

そのおかげで、華ちゃんのパパである篁にもすぐに顔と名前を覚えてもらったのだ。

「六花先生、おはようございます。今日も華をよろしくお願いします」

「あ、はい。篁さん、お仕事頑張ってくださいね」

六花は篁から保育園バッグを受け取ると、明るく言葉を返した。

今朝の篁は明るいグレーのスリーピースのスーツを爽やかに着こなしている。

仕立てが良さそうな生地は、きっと六花が知らないようなハイブランドのオーダーメイドなのだろう。

グレーとよく合う淡いブルーのストライプのシャツ、それに光沢のある紺色のネクタイと、とても上品でシックな装いだ。

背が高く百八十センチは優に超えていて、すらりとした体躯なのに胸板がしっかりと厚い。スーツの上からでも、鍛えていることが伺える。

――職業がモデルといっても通用するんじゃないかしら？

加えて細めのフレームの眼鏡をかけているせいか、理知的な雰囲気も漂っていた。

篁は玄関を出ると園庭に停めてあった黒のスポーツタイプのＳＵＶ車に颯爽（さっそう）と乗り込んだ。片手でハンドルをぐるりと回して器用に方向転換し、玄関先の六花に向かって軽く微笑みながらスマートに走り去っていく。

――はぁ……、かぁっこ良すぎる！

これぞ結婚相手にもってこいの理想の大人の男性だ。

六花は篁に出会い、生まれて初めて、心がときめくという言葉を理解した。

会えただけで気持ちがぱぁっと舞い上がり、会話をしただけでドキドキと興奮が止まらない。いつも心のどこかで彼のことを考えてしまう。

――これって、やっぱり恋してるよね。

だけど、恋した相手が何もかも釣り合わない、絶対に叶わない相手だなんて不毛すぎる。

六花は今日も篁と会話ができた嬉しさとは裏腹に、心の奥で溜息を吐いた。

毎日、保育園に愛娘を預ける篁は、礼儀正しく挨拶をし、そして極めつけにあのとびきり魅力的な笑顔を向けるのだ。

大人の男性の余裕のようなものが溢れている。すっきりとした切れ長の目を細めた落ち着いた笑み。加えて、高級車を乗りこなして颯爽と出勤する――。

これが愛娘と一緒に来園した時の毎日のルーティーンであるのだが、この「篁ルーティーン」にノックダウンされるのは、なにも六花だけではない。

他の保育士やママさんたちもそうだ。

なぜか六花の周りには園長を含めて、これから出勤する忙しいママさん達まで勢ぞろいしていた。

声を揃えて「行ってらっしゃーい」と、篁の車が遠く見えなくなるまで、手を振っている。中でも六花の隣で、盛大に両手を振っている人がいた。

「え、園長っ⁉（あなたもですかっ⁉）」

「あら、おほほ。今日は朝から篁さんが見られてラッキーだわね～。さぁ、今日の給食の人数を確認しなきゃ」

園長はスキップしそうなほど軽やかな足取りで、いそいそと給食室に向かっていった。

でも、出勤前のママさんたちは、まだまだ篁の話題で盛り上がっている。

「いつもどおり、今日も華ちゃんのパパ、素敵よね～。元奥さんはモデルらしいわよ」

「そんな感じがするわよね。だって篁さん、IT企業のCEOなんでしょ。セレブよね～」

「そうそう、夫が言っていたんだけど、篁さんのあの車、英国製で世界に五百台の限定モデルなんですって。日本にはなんと十台しか入ってきていないらしいわ」

――やっぱり。

住む世界も違いすぎて、六花にはとても手の届かない人だ。あんなに優しくて素敵な人に愛されるってどんな気分なんだろう……。

元モデルの奥様のことを妄想すると、羨ましい気持ちが湧いてくる。だが六花は、かぶりを振った。

——いけない、気持ちを切り替えなきゃ。

彼に愛されたら……、なんて大それた妄想をすること自体、おこがましい。

私は出勤前にほんの少し微笑みかけてもらえるだけでいい。日々の小さな幸せが、自分にとってかけがえのないものだから。

「あ、ほら、たっくんママ、咲ちゃんママ、お仕事に遅れちゃいますよ」

「やっだ、いっけなーい。じゃあ六花センセ、うちの子のことよろしくね」

二人は六花に保育園バックをむぎゅっと押し付けると、慌てながら玄関から出て行った。

「いってらっしゃい！　お気を付けて！」

六花は苦笑して二人を見送った。

その日は延長保育の申請もなく、十八時までには全員のお迎えが来る予定だ。

篁は、なるべく自分で迎えに来るようにしているようだが、どうしても仕事が外せない時は、お手伝いさんが迎えに来る。

今夜はときおり吹雪くという予報が出ていたため、六花も早く帰れそうでほっとしていた。

市内とはいえ、六花の自宅は郊外の山道の途中にある。その家に辿り着くには、走行距離が十五万キロを超えている愛車の軽自動車ではいささか心もとなかった。

いつも通りの慌ただしい一日を過ごし、十七時をすぎるとお迎えラッシュだ。

今日の戸締り当番は六花のため、殆どの子供たちを親御さんに引き渡すと、残りは華ちゃんと陽菜だけになった。

十八時迄はあと五分ほどあるが、今日はいつもより華ちゃんの迎えが遅いなと心配になる。

「じゃあ、六花先生、あとはお願いね」

「あ、はい。園長、お気をつけて。お疲れ様でした」

普段は最後まで残っている園長も、今日は区内の保育園長の集まりがあるそうで、少し早めに退園した。

「ねぇ、りっかせんせい、ハナのおむかえまだ～?」

「うん、華ちゃん、まだみたい。ちょっと先生がパパに電話してみるね」

さすがに華ちゃんもお迎えが遅いと気が付いたらしい。

十八時を五分ほど過ぎても何の連絡もなかったため、六花は篁の携帯に電話することにした。

いつもは無断で遅くなることなんてないのに、一体どうしたのだろう。

まさか体調を崩したのかな?

保護者の連絡先一覧を見て、ドキドキしながら篁の携帯に電話をする。すると、いつもとトーンの違う、重低音のハスキーボイスの声が響いた。

「――はい。篁ですが」

――あれれ、篁さん、なんだかちょっと声が怖いかも。

六花はいつもと様子の違うことに気づきながらも、事務的に話を続けた。

「あっ、あの。よつば保育園の天羽です。今日、篁さんは延長の申請をされていなかったですよね。実は今日は十八時で園が締まる予定なのですが、華ちゃんのお迎えがまだで……」

「えっ？　天羽……六花先生？　華がまだそこに？　そんなはずは……」

篁が誰かに何かを確認しているような声が遠くで聞こえた。

いささか凄みのあるような声が聞こえる。だが、再び電話口に出た篁はいつもどおりの穏やかな声音だった。

「六花先生、すみません。今日は迎えに行ってくれるはずの家政婦が休みを取っていたらしい。僕の確認ミスでした。今から十五分くらいで迎えに行きます。ご迷惑をおかけしてすみません」

「いいえ、もしかして篁さんが体調でも悪くなったのかなって心配しました。そういうことなら大丈夫です。あの、華ちゃん、ちゃんとおりこうさんにしてますので」

「ありがとう。じゃ」

「あっ、あの……っ」

「……なにか？」

「あの、急がなくていいので安全運転で来てくださいね」

すると耳元で篁がくすりと笑むような声が響いた。

穏やかなのに少しだけ耳触りが甘ったるいような声音。まるで鼓膜に、篁の息が直接吹きかかった気がして、六花はぞくりと身を震わせた。

「六花先生らしい。じゃ、今からすぐ向かいますので」

六花はお迎えが来たら華がすぐに帰れるよう、コートを着せて帰り支度を整えていた。

華と陽菜が玄関の待合で並んで座り、お歌を歌いながら、篁が迎えに来るのを待っている。

――ふふ、小鳥みたい。

六花は姉妹のように仲のいい二人を微笑ましく思った。

すると、十五分もかからずに篁が迎えに来た。

「あっ、パパが来た！」

玄関の外からヴォンとエンジンの音が聞こえる。すぐに篁が玄関から入ってきて、すまなさそうな顔を六花に向けた。

「六花先生、すみません、遅くなって……」

「いえ、何事もなくてよかったです。お仕事、お忙しいんですね」

家政婦がいるとはいえ、男手一つでの子育てはきっと大変なことだろう。

「あの、もし私で何かお役に立てることがあったらなんでも言ってくださいね」

六花がにこやかな顔を向けると、篁の瞳がふいに何ともいえない妖しい光を帯びた気がした。

「そうですね。役に立ってほしいことは色々あるんだけど……聞いたら驚くかも」

「……？　いいですよ？　篁さんの頼みでしたら。運動会で手伝ってくださったご恩もありますし。なんなりと仰ってください」

すると篁は、ぷっと笑顔を向けた。

「いえ、冗談です。六花先生は揶揄(からか)いがいがある。さ、華、帰るぞ」

「うんっ、あ、はなのバック！」

華がベンチに置いたままの保育園バッグをぱっと急いで取った。

「六花先生、今日はありがとう。ご迷惑を掛けました」

「いいえ、とんでもない。お気をつけて」

六花が笑顔を返すと、篁が何かを言いたげに、じっと六花を見下ろした。

「六花先生、もしよかったら……」

「……なにか？」

小首を傾げると、華が割って入って六花に抱きついてきた。

「りっかせんせい、またね。ばいばいーい」

「華ちゃん、さようなら。また来週ね」

二人に手を振ると、篁は一瞬、肩をすくめて、すぐに娘を車に乗せて走り去っていった。

「さぁ、陽菜、私たちも帰ろうね。今日の夕飯はミートソースパスタにしようか」

「うん、ひな、みとしょーす、すき」

「じゃあ、おしたくしよっか」

六花は陽菜に手袋とお揃いのピンク色の帽子を被らせた。この帽子と手袋のセットは、姉の透子が買ったもので陽菜が特別大切にしている。そんな陽菜が愛おしくてたまらない。

六花は園の玄関を施錠して、陽菜をチャイルドシートに乗せると、ようやく車に乗り込んだ。

ワイパーがひっきりなしに動くその後から途切れることなく、雪がウィンドウに打ち付けてくる。

――雪が強く降ってきたな。

街中なのに雪で視界が白く霞んでいる。なおさら六花の自宅のある方は、かなり降り積もっているかもしれない。

六花の家は、林の生い茂る山道の途中にあるからだ。

園を出て家路を急いでいると、予想が的中した。急な吹雪で林の中にある道路は、あっという間に三十センチはあろうかという積雪になっていた。もちろん除雪車なども入っておらず、四駆とはいえ軽自動車でこれ以上進むのは厳しいかもしれない。

でも、同じくらいの積雪でも、今までは問題なく帰り着いた。

「頑張ってよ～。私の愛車！」

六花はなんとか巧みにハンドルを切りながら山道を走った。ここでブレーキを踏むと止まったまま進まなくなってしまうかもしれない。

上手くアクセルを踏みながらあと少し、あと少し、と思いつつ走っていると、目の前をひゅんっと狐が飛び出した。

「きゃぁっ！」

急ブレーキをかけた拍子に、あろうことか運悪く轍（わだち）に嵌（は）まり、スタックしてしまう。

「りっかちゃん、どうしたの？」

「うん、キツネさんがね、飛び出して来たんだ。あぶないね」

「きつねしゃん、だめね」

陽菜の声にかぶるように、スマホの防災通知が鳴った。一時的に大雪警報が発令されたようだ。

「うそ、今夜だけで最大五十センチの積雪……？　どうしよう」

すると陽菜が不安げな顔を向ける。

「りっかちゃん、どうしたの？　おくるまうごいてないよ」

「あ、陽菜、ちょっとタイヤが雪に埋もれちゃって。後ろのタイヤを見てくるからちょっとまっててね」

六花は吹雪のなか外へ出ると、いざという時のために用意しておいたスタックラダーをトランクから取り出した。

轍に嵌まっている後輪の前において、アクセルを強く踏み込む。でも空回りして一向に前に進まない。

車にスコップを用意していなかったため、手袋を嵌めた手で膝をついて雪塗れになりながらタイヤの前の雪を掻きだし、もう一度ラダーを深く差し込んでみる。だが、タイヤがうまくラダーに乗ってくれずに、アクセルを何度踏んでも空回りしてしまう。

後ろから誰かが押してくれれば、前に進めるかもしれない。でも今はもう夜の七時近く。吹雪の夜、こんな山道には車が一台も通らない。

——はぁ、全くだめだわ。陽菜も心配だし、ロードサービスに連絡しよう。

六花は自分一人での脱出を諦めて、車の中から契約しているロードサービスに連絡をした。だが、この大雪で多くの人が市内のあちこちでスタックしたのだろう。

電話もなかなか繋がらず、やっと繋がった時には、もう今夜中には行けない、との冷たい返事だった。

気持ちを切り替えてタクシーに電話しても、山の中は無理、とあっさり断られてしまった。主要なタクシー会社全部に電話したが断られてしまう。

——しようがない。保育園の同僚に電話して迎えに来てもらおう。

だが、今夜に限って誰とも連絡がつかない。

──うそ……。どうしよう。

「りっかちゃん、さむいよ～」

六花の頭の中を一瞬、恐怖がよぎった。

雪で排気ガスの中毒になってはまずいと思い、エンジンを切っている。

しかもこのあたりは人家がない林の中。いつの間にか、かなり強い吹雪になり、歩いて家に帰るのは危険すぎた。

「りっかちゃん、こわいよ～。はやくおうちにかえりたい～。ふぇぇ～ん」

「陽菜、陽菜、大丈夫よ。泣かないで。もうすぐお迎えがくるって。それまでお利口で待ってようね」

「ほんと？」

「うん、ほんとだよ」

六花は不安を隠して陽菜に微笑んだ。

後部座席のチャイルドシートの隣に座り、自分のコートを脱いで陽菜をすっぽりと包み込む。

私なら大丈夫。なんとか陽菜を無事に助けなければ。

思い切って六花は最後の手段、１１９番に連絡することにしたが、この予期せぬ大雪で携帯電話の通信障害が起こったらしい。

スマートフォンが圏外になってしまって、電話が掛けられない。

——最悪だ……。

六花はパニックに陥りそうになった。

しかも手袋をしていたとはいえ、タイヤの周りの雪を手で掻いていたせいで、指先も凍えそうなほど冷たくなっているし、身体の芯も冷え切ってしまっている。

でも、陽菜だけはなんとしても温めなくちゃ。

スマートフォンが繋がるまで待つほかない。

「りっかちゃん、さむくない？」

陽菜が六花を見上げて心配そうに聞いてきた。

自分も不安なのに、相手のことを心配するあたり、姉の透子によく似ている。

——お姉ちゃん、お願い。陽菜を守って……。どうか私たちを助けて……。

「う、うん。ぜんぜん寒くないよ。陽菜は？」

「りっかちゃんのふわふわコートあったかい」

「よかった」

六花は今日、ダウンのコートを着てきて良かったと思った。

助けが来るまで、陽菜が凍えなければいいけれど。

だが実際、陽菜よりも六花の方が、いつの間にかぶるぶると小刻みに震えだしていた。

凍えそうなのは六花であることに、本人は気が付いていない。

そのとき唐突に、車のライトがバックミラー越しに光った。

――止めなきゃ！

「陽菜、待ってて！」

六花はコートを脱いだまま急いで外に飛び出る。運転席のドアを開けてクラクションを鳴らしながら、後方から迫ってくる車のライトに向かって大きく手を振った。

――おねがい。気づいて。お願い……！

するとその車がパッシングして気が付いたことを知らせてくれた。みるみる近づいてきて、六花の軽自動車のすぐ傍に止まった。

バタンっとドアが開き、背の高い男性が驚いた様子で近づいてきた。

「六花先生……!?」

「華ちゃんのパパ……っ」

「いったいどうし……っ」

六花は見知った人の登場に、思わず目に熱いものが込み上げた。

内心、不安に押し潰されそうだったので、救世主のごとく現れた華ちゃんパパの胸にしがみつき、思わず涙ぐんでしまった。

「……たかむら、さんっ……」

篁は突然のことに一瞬、固まる。だが雪に埋もれた車を見て状況を察したようだ。

六花をぎゅっと抱き寄せると、もう片方の手で「よしよし、怖かったな」と背中を撫でてくれた。

「六花先生、凍えそうじゃないか。上着は?」

「く、くるま……、なか。ひ、陽菜に……」

篁は六花の車の後部座席で、子供がダウンコートで包まれているのを一瞥すると、すぐに状況を把握した。急いで自分の車の助手席のドアを開ける。

「――ほら、俺の車に乗って。凍えそうというより、凍えている。心配しなくていい。陽菜ちゃんの事は任せて、君は車の中で温まって」

篁は車のエアコンの設定温度を上げ、六花を助手席に座らせる。自分のコートも脱いで六花の身体を覆うように包んだ。

すぐに六花の車に引き返し、チャイルドシートごと、陽菜を自分の車に移して、華の隣にてきぱきと取り付ける。

陽菜は六花のダウンコートで包まれていたせいで、凍えた様子もなく元気だった。後部座席にいる華と、仲良く話し出した。

助かったんだ……と、六花はようやく安堵する。

「六花先生、君と陽菜ちゃんが心配だ。ひとまず君の車をここにおいて、俺の家に行くよ」

「す、すみませ……ん。で、でも、どして……ここ……に?」

六花は凍えてうまく回らない唇で、なんとか篁に尋ねた。

「ああ、実は帰り道で華がバッグが違う、と言い出してね。自分のお気に入りのウサギのマスコットが付いていないって騒ぎ出したんだ。見たら陽菜ちゃんのバッグと間違えて持ってきていたのに気が付いた。君の携帯番号が分からないから園に掛けたら、園長先生に転送されて、君の住所を教えてくれたんだよ。よかった、君たちが無事で」

運良く華ちゃんが自分のバッグじゃないことに気づいてくれたおかげで、六花の車の後をすぐに追ってきてくれたのだ。

彼が来なければ、もしかしたら最悪の事態になっていたかもしれない。

今さらながら、ことの重大さにぶるりと震えてしまう。

――なんて迂闊だったんだろう。

六花は自分の軽率さを悔やんだ。

この吹雪でかなり積もっているだろうと予想はできていたのに……。

それに、前々から園の近くのアパートに引っ越しを考えていたのに、つい先延ばしにしてしまっていた。

――あの家には、姉との思い出が詰まっているから。

でも、もうそんなことは言っていられない。

今日は、たまたま篁に助けられたのだ。こんな奇跡がまたあるとは限らない。

なにより一番大切なのは、姉の忘れ形見でもある陽菜を守ること。

あの古い家を処分して、早めに街中に引っ越しをしよう――。

六花はそう決心をつけると、いくぶん温まって動くようになった口を開いた。

「篁さん、本当に……ありがとうございます。あなたが来てくれなかったら、どんなことになっていたか……」

「いや、実は俺も君と園で別れる時に気になっていたんだ……。山の方で二人で暮らしていると聞いたから。でも、家まで送ると言っても厚かましい男だと思われそうで言い出せなかった。それに俺が迎えに遅れなければ、雪が酷くなる前に帰れただろうし」

「いえ、私の考えが甘かったんです。実は前から引っ越しを考えていたんです。これで早めに引っ越す決心が出来ました」

篁の車はさすが外国の馬力のあるＳＵＶだけあって、この雪道もなんなく進み、すぐにロードヒーティングのされている大きな通りに出た。篁の住むタワーマンションのある高級住宅街へと進んでいく。

さっきまで、陽菜と二人きりで瀕死の小鹿のようになっていたのが嘘みたいだ。

窓の外に流れていく街中の灯りに、心の緊張がほっと解れていく。

車内の暖房に加え、篁のカシミアのコートもすごく温かくて肌触りも滑らかだ。

彼の温もりに包まれたらこんな感じなのかな。

六花は分不相応な妄想を打ち消した。

このまま彼のコートの温もりに包まれていられたら……。

そんな想いを心の奥にそっと押しやった。

篁さんのお宅にちょっと寄って陽菜を温めたら、今夜はどこか市内にホテルを取ってそこに泊まろう。

そう決めると、篁のコートの香りを思い切り鼻腔に吸い込む。

上品なのに、どこか男性的なしっとりとした蠱惑的な香り。

――篁さんの香りだ……。

六花は篁の家に着くまで、その男らしい香りに酔いしれた。

＊　＊　＊　＊　＊

「さ、もうすぐだよ」

篁の自宅は、三十階近くあろうと思われるタワーマンションだった。

地下鉄駅からもほど近く、周りは高級住宅が立ち並んでいる閑静な街並みだ。桜の名所のある神宮が近く、きっと春になれば眺望が素晴らしいだろう。

車をマンションの地下駐車場に停めると、四人は車を降りてエレベーターに乗り込んだ。

篁は最上階の数字の表示のさらに上にある、「ＰＨ」と書かれた謎のボタンを押す。

よく見れば、一階のロビー以外のフロアは全て通過するみたいだ。

――もしかして、最上階に住んでいるの？

すぐにぐぃんと身体が押し上げられ、高速でエレベーターが上がっていく。と同時に、六花はどくんと胸を高鳴らせた。

――わたし、今から篁さんの自宅に行くんだ。

今さらながら、生まれて初めて男の人の家に上がることに気が付いた。

さっきまでは篁に助けられた安心感でいっぱいで、他になにも考える余裕などなかったのだ。

でも、こうして彼のプライベートな空間に足を踏み入れたせいか、隣に立つ篁を華ちゃんのパパとしてではなく、一人の男性として意識してしまう。

陽菜と繋いだ手を少しだけぎゅっと握り、おそるおそる口を開いた。

「あの、篁さん、陽菜を少し休ませて頂いたら、近くにホテルを取りますので……」

「ホテル？　どうして？　もう遅いし今はホリデーシーズンだからどのホテルも満室だと思うよ。今夜は陽菜ちゃんとうちに泊まればいい」

「──あの、でも……」

「わぁ！　パパ、ひなちゃんがおとまりするの？」

「ああ、今、六花先生と陽菜ちゃんに泊まってほしいってお願いしてる」

「せんせい、とまってとまって！　ひなちゃん、いっしょにはなのベッドでねんねしよう！」

「うん、はなちゃんのおーちにおとまりしゅる！　いっちょのおふとんで、ねんねしゅる！」

二人は手を取り合って、きゃっきゃとはしゃいでいる。

すると篁がふいに顔を近づけ、六花の耳元に囁いた。

「……もしかして、信用されてないのかな？　大丈夫、君のいやがることはしないから安心して？」

篁の意味するいやがることって何だろうと考えると、腰のあたりがむずむずした。

だが、それよりもここで泊ることを断れば、篁を信用していないと言っているのも同然だ。助けてもらった命の恩人に対して、そんな失礼な振る舞いはできない。

親切で申し出ているのに、断れば篁を傷つけるし、気まずくなってしまう。

それになにより、華ちゃんと陽菜もいるんだもの。

なにも不安に思うことなどないのに、考えすぎよ。

「も、もちろん、篁さんのことは信用しています。ただ陽菜もいてご迷惑になるんじゃないかと思って」

「全然、華がこんなに嬉しそうにはしゃぐのはめったにない。今日は大変な夜だったし、うちでゆっくりくつろいで」

「……はい、ご親切にありがとうございます。何から何まですみません。陽菜ともどもお世話になります」

そんなやりとりをしているうちにすぐにエレベーターの扉が開いた。

目の前には、まるでホテルのロビーのようなハイセンスな空間が広がっている。その奥には、大きな両開きのゴージャスな玄関扉があった。

「――っ。もしかして、ここのフロア全部、篁さんのお宅ですか？」

「あ、うん、ペントハウスなんだ。半分、仕事の空間としても使っている。社員の出入りがあるからね」

さらりと言う篁に促され、六花が先にエレベーターから大理石のフロアに一歩踏み出した。だが、びっくりして立ち止まる。

どこからともなく黒いスーツにサングラスの怪しげな男が二人、六花に近づいてきた。ところが、続けてフロアに出た篁が男たちを目に留めるや否や、片手をさっと掲げて二人を制した。

「――？　あの……、お知合いですか？」

すぐに篁が六花の腰に手を添え、顔を傾けて親し気に微笑みかける。

――わわ。篁さん、近いです。誤解されそうなことはやめて欲しい……。

その篁の様子に、男たちも驚いた様子で顔を見合わせた。

「いや、あの二人は護え……、いや、このマンション付きの……ガードマンだよ」

「そうなんですね！　こんばんは。ご苦労様です！」

六花は二人に挨拶をした。

さすが高級タワーマンションの最上階（ペントハウス）ともなると、専用のガードマンもつくのかと感心する。とはいえ、警備の制服ではなくダークスーツにサングラスをかけている。

なんとなくコワモテなのが気になったが、そもそもお金持ちとは住む世界が違うので、よく分からない。

なぜかその警備の人たちは、六花を上から下までじろりと見回してから首をひねり、唖然とした顔を向けている。

篁はチッと舌打ちし、片手をかざして、まるで追い払うようにしっ、しっと振った。すると慌てて二人が玄関ロビーの奥へと消えていく。

まるでドーベルマンを手なずけているようだ。

「お待たせ。さ、中に入って」

篁に背中を押されるように玄関の中に入った六花は、思わず目を丸くした。

最上階にある篁のペントハウスは、玄関も美術館のようで、六花の部屋の数倍の広さがある。

その奥の南側には、全面ガラス張りのリビングダイニングが広がっている。しかもリビングは吹き抜けで、右手には大きな螺旋階段もある。

このペントハウスは二階建てになっているらしい。陽菜もわぁっと歓声を上げた。

「しゅごい、はなちゃんのパパのあそこ、おっきいの。しゅごくかたいね」

白い大理石が珍しいのか、陽菜は床にしゃがみこんで、ぺしぺしと手で大理石を叩いて確かめている。

いきなりの陽菜の爆弾発言に、六花は顔を真っ赤にした。

「ひ、陽菜、あそこじゃなくて、おうち、でしょ。華ちゃんのパパのおうち！」

陽菜は「あそこのお家」を省略して、よく「あそこ」と言う。ときどき、お家のことも

「あそこ」と呼んでしまうのだ。

「あの、陽菜が失礼なことを言ってすみません……」

「いや、ぜんぜん、むしろ陽菜ちゃんに認めてもらえて嬉しいけど？」

「う……」

それが大きな家を意味するのか、あそこを意味するのか曖昧にしたまま、篁は意味深に返した。

男性とこんな際どいやりとりが初めての六花は、なにも言い返せぬまま玄関で固まってしまう。

篁とはこれまで親密に話したことはないが、エリートで真面目そうだし、冗談や子供の粗相には気を悪くするタイプだと勝手に思っていた。

だが、意外にも俗世慣れしているようで、いい意味で期待を裏切られる。

「陽菜ちゃん、ここの床は硬いけど、もっと奥に行くとふかふかの絨毯（じゅうたん）があるよ。華、ソファーの所に案内してあげて」

「はぁい、ひなちゃん、いこっ。あっちふかふかだよ」

「うん、ふかふかのところにいきたい」

二人は手を繋いで、奥の広いリビングへと駆け出した。

「六花先生も疲れただろう」

まるで別荘のように広々とした篁のマンションで、大雪でびしょぬれになった六花のコートを脱がせて、玄関ホールのお洒落なコートハンガーに掛けてくれた。

「二十四時間対応のコンシェルジュがいるから、頼んでコートを乾かしてもらおう」

「あ、あの、そこまでは……。たぶん、明日の朝には自然に乾くと思いますので。暖房も入っていますし」

「そう？　あ、そうだ。悪いけど車の鍵を貸してくれる？　後でレッカーを出してこのマンションの駐車場に停めておくから」

「えっ。そんなことできるんですか？」

「なんてことないさ」

だって、ロードサービスも来られなかったのに？

篁を見上げると、すぐ背後から男の声がした。

「代表、お帰りなさい。夕ご飯、ちょうど用意できましたよ」

六花が驚いて声のした方を振り返る。

すると六花と同い年か、少し年下ぐらいの若い男性がにこにこしながら出迎えた。

髪は短くカットしており赤茶っぽい。背は高いが、ひょろっとしていて人懐っこそうだ。

「不破、六花先生の車の鍵だ。彼女の車が山道でスタックして、路肩に車を停めたままだ。組の……、会社の者と一緒に、このマンションの地下駐車場に引っ張ってこい。六花先生たちは、今夜ここに泊る」

不破と呼ばれた男は、ラジャーと鍵を受け取ると、好奇心旺盛な目で六花を見た。

「あなたが噂の六花先生ですか！」

「う、うわさ……？」

「はい、華お嬢さんがいつも六花先生や陽菜ちゃんの話ばかりしていて。お嬢さんだけでなく代表も……」

「――不破！　お喋りはいいから若い奴ら連れて早く行ってこい。移動できたらダイニングテーブルの上に車の鍵を置いておけ」

篁が冷たく言うと、不破という若い男はやべっと呟いて、すぐに玄関から出て行った。

「あの方は……？」

「あいつは会社の者でね。保育士の資格を持っているから、華の世話係をさせている。それよりも腹が減っただろう？　夕食にしよう」

専属のお世話係がいるなんて、すごい。

でも、そうよね。篁さんは会社を経営していて多忙なんだもの。

六花は玄関に用意されていたスリッパを履き、篁の後についてダイニングへと進んでいく。

「わ！」

白と黒を基調にしたモダンな広いアイランド型のキッチンが目に飛び込んだ。その続きに、八人掛けのダイニングテーブルがある。

木のテイストを上手に生かし、北欧スタイルを取り入れた機能的なデザインだ。

さらにテーブルの上には、ミートソーススパゲティやサラダ、スープ、色とりどりの果物が用意されている。

「さ、みんなで食べようか」

「あの、不破さんを待たなくていいのですか……？」

「不破はここでは食べない。会社のビルに社食のようなものがあるからね。彼の仕事は華の世話と食事の支度なんだよ」

六花は感心しつつ、陽菜たちと手洗いを済ませてダイニングに戻った。

篁がスープをそれぞれのカップによそってくれている。

「あ、篁さん、すみません」

「君もお腹が空いているだろう。どうぞ」

「わぁ、ひなのしゅきなみーとしょーしゅ！」

「陽菜ちゃん、たくさん食べて」

篁の言葉に甘え、皆でにぎやかに夕食をいただいた。陽菜は好物のミートソースをおいちい、おいちいと嬉しそうに食べている。

食事を終えて六花が後片付けをしようとすると、篁が座っていて、と声を掛けた。

慣れた様子で食洗器に手際よく洗い物を入れていく。普段から自分でしていると分かる、そつがない様子に感心する。

きっと誰もが理想とする誠実で優しい旦那様だっただろうに、なぜ奥様は離婚したのだろう……。

六花は首を傾げた。

何も篁の財力ばかりではない。さりげない気づかい、優しさ、包容力……。どこをとっても完璧な旦那様だ。

こんなに素敵な旦那様がいたなら、毎日がきっと幸せすぎる。

「ねぇねぇ、ひなちゃん、りっかせんせい、いっしょにおふろ、はいろ――」

「ひなも、はなちゃんやりっかちゃんと、おしゅろにはいる！」

「えっ、でも……」

二人からお風呂をせがまれ、六花は困り果てた。だが、篁から申し訳ないけど、お願いできる？　と頼まれれば、断れるはずもない。

「も、もちろんです。二人をお風呂に入れて寝かしつけますね」

篁は陽菜には華ちゃんの下着や寝巻を貸してくれた。

でも六花には着替えがない。篁は困った挙句、これしかないけどごめんと、手渡されたのが、男もののバスローブだった。

「俺のでごめん」

「いえ、そんな、むしろすみません……」

もちろん、いやなはずはない。

それに、一日身に着けた下着を他人の家の洗濯機を使って洗い、乾燥させるのも気が引ける。

六花は心の動揺を隠して笑顔でバスローブを受け取った。

篁さんは、真面目で誠実なのよ。ヘンに勘繰ってはだめ。

――でも、女性の寝巻やバスローブを置いていないということは、篁さん、今はお付き合いしている恋人がいないのかな……。

安堵感に似た気持ちがじんわりと心を中を滑り降りていく。

だがそんな気持ちに浸るまもなく、六花はお風呂ではしゃぎ回る華や陽菜の身体と頭を洗い、二人を湯船に入れた。

「いい？　お風呂の中で三十まで数えられる？」

「うんできるよ！」

二人は一斉にひとーつ、ふたーつと、数えだす。六花はその隙に、ささっと自分の身体を洗ってしまおうと目論む。

するとバスルームのドア越しに篁の声がした。

「六花先生、ごめん、いいかな？　華と陽菜ちゃんは僕が引き取るから君はゆっくりとお湯につかって。そこ、パネルのボタンを押すとジャグジーになるから」

すると勝手知ったる華が、ここだよ、とボタンを押して教えてくれた。すぐにお湯の中にぼこぼこっと泡が勢いよく湧きだした。

「でもあの……」

「いいから。君は凍えていたんだよ。身体の芯まで温めたほうがいい。華、陽菜ちゃんを連れてあがっておいで」

「はぁい！」

二人はざぶんと湯からあがり、扉を少し開いて篁のいる脱衣所にはしゃぎながら出て行った。

ほんの一瞬、篁がちらりとバスルームの中に視線を流した。

六花がちゃんとお湯につかっているか確かめるような視線と目が合い、どきっとして真っ赤になる。

ジャグジーだし湯の中は泡で見えてないはずなのに、六花は思わず胸を覆った。

脱衣所のドアを締めながら、篁が喉の奥でくっくと笑った気がしたのは気のせいじゃないと思う。

——ああ、心臓に悪い。

人の家で、しかも男性の家で入浴するなんて、六花にとっては初めてで大事件だ。けれども篁は、いたって冷静で少しだけ癪に触る。

女性と夜を過ごすことも、篁みたいな人にとっては、豊富な経験があるのだろう。

ドギマギしている自分を見て、可笑しそうに笑うなんて意地悪だ……。

こんなに親切にしてくれている篁を、一瞬だけ恨めしく思う。

でも、脱衣所から誰もいなくなると、六花は大変な一日の疲れをジャグジーにゆっくり浸かって癒すことができた。

お風呂からあがった時には、身体の芯までぽかぽかして温かかった。

髪の毛を乾かした後、腕時計を見ると陽菜たちが上がってから小一時間近くたってい
た。思いのほか長湯になってしまい、六花は申し訳なさそうにリビングに戻った。

「篁さん、すみません。お先にお風呂をいただいたうえに長湯をしてしまって……。あ
れ？　陽菜たちは……？」

「二人は一階の奥の子供部屋で、仲良くベッドに潜り込んだよ。今さっき覗いたら、疲れ
ていたのか、あっけなく寝落ちしていた」

「すみません……。結局、寝かしつけまでしていただいて……」

「いや、どうということはないよ。それより、あいにくパジャマがなくてバスローブです
まない。俺はパジャマを着て寝ないから」

――パジャマを着て寝ないなら、何を着るのだろう。

もしかして、何も着ないとか？

篁の裸身が頭をよぎり、六花は耳までかぁっと赤くなった。

自分はなんてことを想像しているの？　親切心で泊めてくれた篁に対して、こんなふし
だらな妄想をするなんて失礼だ。

平常心、平常心……。

「どうぞ、ここに座って」

「あ、はい。すみません」

借りた男もののバスローブが大きすぎるので、六花は再び腰紐をぎゅっと締め直してから、篁からかなり離れて、広いL字型のソファーに腰をかけた。

十人はゆったりと座れそうなほどのソファーだった。

隣にいる篁も着替えたようで、白いコットンの長袖カットソーにグレーのスウェットという、寛いだ格好をしている。

「あの、篁さん、お風呂は……？」

「ああ、君たちがお風呂に入っている間、寝室のシャワーを浴びてきた」

どうりで仄(ほの)かに爽やかなシャワーコロンの匂いがするはずだ。

六花は篁と二人きりになり、途端に緊張が襲ってきた。心臓がバクバクと騒がしい。

膝頭をぎゅっと付け合わせて、カチコチになって座っていると、篁が眼鏡の奥でふっと目を細めた。その仕草がいつにもまして素敵だった。

睫毛(まつげ)が長く、切れ長の瞳から漏れ出る魅力が半端ない。

大人の雰囲気が漂い、どこからどう見ても、スマートで完璧なエリートという印象だ。

しかもイケメンオーラが満載すぎて、顔がまともに直視できない。

「あ、あの、すみません。今夜は陽菜と押しかけてしまって……。お仕事があったのではないですか？」

「いや、仕事はいつでもできるから、気にすることないよ。ごらんのとおり、華と二人だけだから部屋なら余っているしね。でも、たとえうちが狭くても放ってはおけないよ」

　篁の寛いでいるソファーの向かいの石壁に、耐熱ガラスが嵌めこまれた暖炉があった。ガラスの中で炎が揺らめいている。

「わぁ、すごく炎がきれい……」

「バイオエタノールの暖炉なんだ。煙突もいらないし、煤も煙も出ないエコな暖炉なんだよ。掃除もほぼ不用だから楽だしね」

「そうなんですか……！　すごくおしゃれですね。炎がふわふわ踊っているみたい。癒されますね……」

「そう？　気に入ってくれてよかった」

　篁はすっと立ち上がるとダイニングからワインらしき瓶とグラスを二つ手に持って戻ってきた。

　今度は六花のすぐ隣に腰を落とした。篁の体温が感じられるほど近い。

　ふかふかのソファーが、反動で篁の方に沈み込み、六花は慌てて彼にしなだれかかるまいとバランスをとる。

　彼は慣れた様子でリビングのテーブルにグラスを置き、まるでルビーの透明度を高くしたような色のワインをとくとくと注ぎいれた。

　その一つを六花に差し出す。

「一緒に飲まない？　これはボルドー・クレレと言って、赤ワインとロゼのちょうど中間のワインなんだ。フルーティだから、きっと飲みやすいと思う」

全くワインのことなど何も分からない六花は感心する。

さすが海外と取引のあるＩＴ企業のＣＥＯともなると、お洒落なことこの上ない。

普段はお酒をほとんど飲まない六花だが、今夜は片思い中の篁と二人きり。もちろん別室には子供たちがいるのだが……。

それでも、お酒を飲まずに正気を保っていられる自信がない。

六花は柄にもなく、お酒の力に頼ることにした。

「はい。お言葉に甘えていただきます」

くいっと一息にワインをあおる。

「おや？　六花先生、意外と飲みっぷりがいいね」

篁が楽しそうに瞳を揺らした。彼もワインをごくりと喉を鳴らして飲むと、その男らしい喉ぼとけの動きに目が釘付けになる。しかも彼が身に着けているのは、飾り気のないぴったりしたコットンの長袖カットソーの一枚だけ。

胸元に釦がついていて、それをラフに外しているため、胸が少しはだけている。

――目のやり場に困ってしまう。

スーツを脱いだ彼は、想像していた以上に逞しい。

肩の筋肉が盛り上がっていて、より男っぽさが際立っている。

ぴったりフィットした布地を押し上げる胸の厚みも眼福すぎて、保育園の篁ファン代表

（自称）としては、このままソファーで悶え死にしそうだ。

いつものスーツ姿も眩しいが、自宅でくつろぐ自然な様子もとても魅力的だった。

――これが大人の男の色気というものなのだろうか。

男性と二人で過ごした経験のない六花は、篁の姿に見惚れてしまう。

このままぽうっとしていては、さすがにまずいと目を伏せる。すると視界にゆるく組んだ彼の素足が目に入った。

さらに尋常ではいられないほどの興奮が押し寄せる。

――こ、これは、篁さんのな、生足っ。

もはや自分が、女子高生と一緒にいる中年のおじさんのように思えてくる。

篁の爪先は、指先が長くて綺麗だった。でも所々骨ばって、くるぶしから足の甲にかけて太い脈が走っており、しなやかそうなのに男らしい。

男の人って、身体のあちこちに太い脈がくっきり浮き出ているのよね。

それが絶妙な男性特有の色香を醸し出している。

六花はワインを呑み込むふりをして、口の中に溜まった唾液をごくりと呑み込んだ。

――うう、せっかくのワインの味が良く分からない。

今日の私はおかしい。

篁さんといるとすごく邪な……、エッチな妄想をしてしまいそうになる。

今まで彼氏という存在もいなかったし、もの心ついてからは父親と過ごしたこともない。祖母と姉の三人暮らしだ。

男性への免疫がないせいで、自分とは違う、篁の若く雄っぽい身体を間近に感じて妙にドギマギしてしまう。

「はい、おかわり」

六花がグラスを空けると、篁がまた半分ほど注いでくれた。

それもあっという間に飲み干すと、今度は緊張を超えて、なんだかほわほわした開放的な気分になってくる。

篁をチラリと横目で見るとソファーに背を預け、片手にはワイングラス、もう片方の手を背もたれにかけて寛いでいる。

なんて絵になるんだろう。

イケメンのイケメンによるイケメンの為のワイングラス。

グラスさえも、篁を引き立たせる小道具になっている。

——ああ、篁さん。そんな姿、反則ですっ。

保育園のママさんたちが見たら、失神ものだ。

彼の姿を見つめているだけで、今まで抑えていた好きな気持ちが溢れて歯止めが利かなくなってくる。

タガが外れる、とはこういうことなのだろうか。

この人が好き——。そう思うだけで、胸の奥がきゅっと痛み、すぐそばにいるせいか篁への熱い想いが止められない。

六花は沸騰しそうな思いを冷まそうと、窓の方に視線を泳がせた。

灯りを落としたダウンライトのリビングからは、市内の夜景が一望できてとても雰囲気がある。

まさに篁と二人、至福の夜だ。きっと、もうこんなチャンスは二度とない。

二人きりの今夜、潔く自分の想いを打ち明けてしまってもいいのではないかと、本能が理性に六花に追い討ちをかけてくる。

当たって砕けろっていうじゃない。

——そう、たぶん絶対、見事に粉砕されてしまうと思うけど。

砕けたら砕けたで、酔っぱらったせいにすればいいんだもの。

篁さんも大人の男性だし、こんなに素敵なんだもの。モテないはずがないし、告白慣れしていそう……。

たとえ六花に気がないとしても、大人として上手くかわしてくれるに違いない。

なにやら思いつめた様子の六花を見て、篁は愉快そうに口元を引き上げた。

さらに六花の空のグラスに、三杯目を注ぎ込む。

「——どう？　このワイン気に入った？」

「は、はい！　とても美味しいです……」

それもごくごくとジュースのように飲み干すと、六花は口の端から零れたワインを舌先で掬い上げるように唇を舐めた。篁がそんな六花を見て、すっと目を細めたことに、六花は気づいていない。

「ずいぶんと飲みっぷりがいいけど、いつもそうなの？　男と二人きりの時に、そんな風に無防備な顔して飲むものじゃないよ」

「な、なぜですか？」

「男は勘違いするからね。もっと酔わせたらものにできると」

「――っ」

それって、それって、私をものにしたいって思ってくれているということ？

六花は一縷の望みを託すことにした。

一世一代の初めての恋。

今夜、立派に私の恋桜を散らして見せようじゃないの！

心の奥では、この恋が儚く砕け散ってしまうことが分かりきっている。

だけど人生にたった一度だけでも、心から好きな人に恋心を打ち明ける、そんな経験があってもいいじゃない。

六花は遠い未来の自分を想像してみた。

いつか誰かと結婚し、そして娘が嫁ぐときに、自分の思い出を語るんだ。

「お母さんには、昔、本当に好きになった人がいてね……。その人に告白したんだけど、フラれてしまったの。あなたは好きな人と結婚できるのだから、幸せになりなさい」

なーんて縁側でしみじみと過去の叶わぬ初恋を思い出し、娘に語っている自分の姿を。

アルコールのせいか妄想も逞しくなり、だいぶ気持ちがハイテンションになっている。

それでも篁は自分に対して、少しはいい感情をもってくれているのではないかと期待する。

付き合えないけど、友達から？　なんていう展開もあり得るかもしれない。

すぐ隣に、生まれて初めて心を寄せた篁さんがいるんだもの。

据え膳喰わぬは女の恥！

きっともう二度とこんな風に親密に、篁さんと二人きりになる機会などない。

六花は深く息を吸ってから、思い切って口を開いた。

「た、篁さん……、あの、私……。こんな想いを華ちゃんのパパに抱いてはいけないのは重々承知なんですが……」

「うん？　どうしたの？　改まっちゃって」

篁は余裕の笑みを浮かべて楽しそうだ。

クールで鷹揚（おうよう）な性格なのだろうか。はたまた六花など意識していないということなのか。

すでに篁の手には、ワインではなく琥珀（こはく）色にゆらめくストレートのブランデーグラスが握られていた。

六花につきあってワインを飲んだ後、すぐに飲み替えていたらしい。

「あ、あの、男手一つで華ちゃんを育てていて……、すごいなって尊敬していて……。親子運動会でも、かけっこや綱引きの姿が、数いるお父さんの中でもダントツにかっこよくて……。しかも率先して片づけをお手伝いしてくださったし……。いつからか、篁さんの優しさに惹かれてしまって……。あの、ずっとずっと篁さんを見るたびに、どきどきして……。その……素敵な人だなって思って……」

──ああ、もうなにを言っているんだか。

頑張れ！　わたし！

篁はブランデーグラスを片手に、じっと耳を傾け六花を見つめている。

「──へぇ？　それは嬉しいな」

「あの、その、それで……」

六花は自分でテーブル上のワインを手酌で注ぐと、ぐいっと一気に飲みほした

「あの、篁さんのことが、す、好きれす……！」

──言ってしまった。しかも呂律が回っていなかった気がする。

ぎゅっと目を閉じて、篁の答えを待つ。両手で握りしめたワイングラスが微かに震えている。

篁は、六花の空のワイングラスをすっと手に取ると、テーブルにことんと置いた。

──もしかして、返事に困っている？

そうよね。可愛い愛娘が通う保育園の保育士さんからの告白なんて厄介よね。

それならいっそ、自分から砕け散ろう。

「あ、あは。こんな告白、迷惑ですよね……」

「いや、全然。俺も六花先生のこと、ずっと可愛いなと思っていたし」

「――へ？」

思いがけない返答に六花は二、三度ぱちぱちと瞬きした。

大きな掌で頤を掬い上げられ、篁が顔を傾けながらゆっくりと六花に近づいてくる。

――き、き、きゃぁ――！　まさか、これって……。

篁の体温を感じさせる吐息が、微かに唇を掠めてビクンと身体が揺れた。

そのすぐ後に、身体の芯までがふにゃりと蕩けてしまいそうな熱い息が追いかけてくる。

大きく鼓動が跳ね、六花は思わず目をギュッと瞑る。

――まさか、き、キス……？

頭がアルコールに浸されたせいで、幻想、幻惑、夢でも見ているのだろうか。

「ふ、六花先生、目を開けてごらん。俺を見て」

一見クールそうな篁だが、熱情を秘めているかのように光る双眸と目があった。その瞳に射抜かれ、心が熱く染まっていく。

「俺も嬉しいよ」

「んぁっ……」

ちゅうっと甘いリップ音が跳ねた。

「た、たかむら……さぁん……」

「ふ、強請るような声だして……」

重ねられた唇の上で、男らしい篁の唇が、その柔らかさを味わうように動く。

生まれて初めてのキスは、甘酸っぱさとは遠くかけ離れ、なまめいている。

「力、抜いて」

「ふぁ……」

歯列を割って篁の舌がぬるりと口内に侵入した。

吐息とともに送り込まれた舌は、六花の舌を味わうようにねとりと絡みつく。たちまち六花の口腔はスモーキーなブランデーの香りに包まれた。

――ほんとうに、キス……してる……。

ちゅっ、ちゅっ……と、リップ音を立てて軽く吸い上げたかと思えば、深く舌が入り、ぐちゅりといやらしい水音が響く。

甘く重ねた唇の奥で、二人の舌が淫らに絡み合う。

性的に未熟な六花は、生まれて初めての艶めかしいキスに、思考が追いつかない。頭が真っ白になり、とろんとした眼差しで篁を見上げた。

「ふ、キスだけでそんな無防備な顔していたら……、喰っちまうぞ」

「……んっ、たかむらさ、ぁ……んっ」

再び噛みつくように唇を塞がれた。

息苦しさに喘いでも、男らしい唇で塞がれ、たちまち熱い吐息で口腔を満たされる。

彼の舌が六花の口内を探るように舐め回し、時折、小さな舌を擽り（くすぐり）ながら玩具のように弄ぶ。

六花はされるがまま、生まれて初めての濃厚なキスに心臓が飛び出しそうなほどドキドキした。

口づけが深まると、篁が仄かに甘苦いブランデーのような唾液を送り込んできた。口内で溢れるそれをどうしていいか分からずに、六花はごくりと飲みほした。するとご褒美だよと示すように、舌で口蓋を甘く撫でられる。

「ん……ふぁ……あんッ」

気持ちが良くて、喉から妙に甘ったるい啜り泣きがもれた。

キスに浸っていると体温があっという間に駆け上がる。

もちろん、ワインを飲みすぎたせいではない。

熱く甘く絡む口づけに、じっとりとよく分からない熱がお腹の下の方に溜まっていく。

「口の中も柔らかく蕩けてきてる」

篁は大きな手を六花のうなじに回して固定し、深く舌を差し入れた。まだぎこちない喉奥や舌の付け根を解すように搔き混ぜる。

篁の口づけは、普段のスマートで穏やかそうな彼とは想像もつかないほど、ひどく淫蕩で野性味に満ちていた。

好きなように弄ばれるまま、身体からくたりと力が抜け、とうとう六花は広いソファーに倒れ込んだ。

「六花先生、キスぐらいでこんなに感じるなんて初心だな。キスするの久しぶり？」

久しぶりも何も、男性と唇を重ね合わせるのも、いやらしく舌を絡めるキスも初めてだ。だが、この年でキスさえ経験がないというのも恥ずかしい……。

六花は、ただこくりと頷いた。

「へぇ、調教しがいがあるな……」

「えっ？」

篁とも思えない際どい独り言が耳を掠めた。

本当に篁さんだよね……？

保育園での穏やかで、エリートな上に誠実そうで好感度マックスの男性とはどこか違う。六花の知らない一面があるのだろうか。

どことなくサディスティックな表情にどきんとする。

「今度は君から舌を出してごらん」

六花がおずおずと舌を伸ばすと、篁が優しく迎えて吸い上げた。

ねっとりした水音を立てながら、自分の舌に絡ませていく。

すると彼の口腔に引き入れられる。無垢な女に男の味を覚え込ませるように。

「んふぁ……」

息を継ぐたびに、またしても鼻から甘ったるい声が漏れる。

舌全体を隅々まで舐め尽くされて、ゾクゾクする。なんだか身体中に火がともったように熱くて苦しくて、六花はどうにかしてほしくて篁の名前を懇願するように呼んだ。

「たかむら……さぁん……、はぁ……、あ、っ……んっ」

「すごいな。キスだけでイったの？」

舌をキュッときつく吸い上げられて、身体中が得体の知れない何かに感電したようにビクビクした。

未知の体験に、胸の鼓動が狂ったように打ちつける。しかも下腹の疼きがよく分からない液体となって太腿へ蕩けだしていった。

こんな感覚が初めての六花は、戸惑いながら篁を見上げた。

「男を誘う甘い匂いを垂れ流して……。もしかして、ここ濡れてる？」

「え……ここって、きゃぁ……っ！」

六花のバスローブの裾を割り開いて、脚の付け根の奥に指を伸ばした。

ぐちゅりと聞くに堪えない淫らな音がはっきりと耳に届く。

「やぁ……ん」

「――すごいことになってる。キスだけでこんなにぐしょぐしょになるなんて、ずいぶん感じやすいんだな」

六花はあまりの羞恥に泣きそうになる。

初めてのキス。初めて男の人と触れ合った。

自分の身体のあられもない反応を篁に指摘され、思わず謝ってしまう。

「ごめんなさい……。あの、私、初めてで……」

「初めて？　初めてってもしかして処女(バージン)？」

顔を両手で覆って、こくりと頷く。

この年で未経験というのは、さすがに引かれてしまうだろう。そう思っていたのに篁は声を上ずらせた。

「初めてで、こんなに……？」

とろりとした透明な糸を引く指を六花の目の前に見せつけた。だが、顔が困惑気味だ。

「こんな上物、今までよく無事で……」と感嘆が入り混じった声音で呟いている。

「私、その、あまり男性と知り合う機会もなくて。それにずっと好きだった篁さんとキスが出来て本当に幸せで……。キスしていたら頭の中がおかしくなりそうで……」

「それ……。発情している男の前で言ったらダメなやつ。もっとおかしくさせたくなる」

「は、発情……、って、た、篁さんが……!?」

「もちろん、触ってみる？」

断る間もなく、篁が六花の手を取って自分の昂りへと近づけた。

初めて触れるそれは、人にあるものとは認識できなかった。なんだか太くてごりっとした感触が伝わってくる。しかも棍棒(こんぼう)のように硬い……。

「きゃっ！」

それがいきなりバネのようにビクンッと揺れた。驚きのあまり、ぱっと手を離す。初心な反応に、篁がくっくと目尻に涙を浮かべて笑っている。

ほ、保育園の篁さんとはイメージが全然違うんですけど……。

でも、そんな意外な一面にも惹かれてしまう。

「触るのも初めて?」

「あ、あの、はい……。大人の人のは」

もちろん、学生時代に保健の授業も受けているし、子供たちのはトイレ介助をするときに毎日のように沢山見ている。粗相をしてしまった子供たちのは洗ったり拭いたりしている。

でも大人の男性のそれは、ずっしりした存在感があって子供たちのとは全く違う。卑猥でいてその雄々しさにゴクリと喉が鳴る。

「俺も興奮してるよ。もっと気持ちよくシてあげようか」

六花に覆いかぶさり、再び唇を重ねてきた。ちゅっ、ちゅっと唇を擽ったり、吸われたりされているうちに、またしても快感で身体が小刻みにプルっと震えてしまう。

「――本当に感じやすいな」

「き、嫌わないで……」

「嫌うもんか、むしろ嬉しい。胸も可愛がってあげよう」

篁がバスローブ越しに乳房を両手で包み込んだ。形を確かめるようにやわりと揉みこむ。

「んっ、ああっ、たかむら……さん、なんかおかしいの」

「……胸も弱そうだ。なぁ、俺のこと名前で呼んでごらん」

「な、名前で……？」

「そう、龍雅（りゅうが）」

——もちろん、下の名前も知っている。

スマートな篁さんにしては意外な、いささか野性味のある名前だと思っていた。ただ口に出したことはなく、心の中でこっそりと呟いていただけだ。

まさか本人から恋人のように名前で呼べと言われるなんて。そんな日が来るとは思ってもいなかった。

「ほら、呼んでみろ、ん？」

促すように乳房をやわりと揉まれて、頭の中が幸せホルモンでいっぱいになる。快感を覚えると、幸せな気持ちになるなんて初めて知った。

「りゅ、りゅうが……しゃん」

口から紡いだ瞬間、さらに恋しさが募り愛しい想いが溢れてくる。

初めて言葉にした名前。なのに舌ったらずになってしまい、顔が真っ赤になった。

龍雅がぷっと吹き出す。

「六花、可愛すぎ」

「——ぐぅ‼」

興奮のあまり、思わず喉からヘンな声が出た。

な、名前で呼ばれるなんて、それだけで昇天してしまいそうだ。

「今夜は一晩中、俺の名前もまともに呼べないほど、あらゆる所を可愛がってやるよ」

「……ふぁっん」

耳朶を口の中でしゃぶられながら、低いバリトンボイスで囁かれた。鼓膜まで彼の声音に甘く震えている。

保護者に邪な心を抱いてはいけない——。募る恋心に蓋をして、ずっと自分を律していた反動なのだろうか。

篁が触れたり囁いたりするだけで、自分でもおかしいと思うほど身体が勝手にビクビクと甘く反応する。

敏感な体質なのだろうか。

「初めてならゆっくり進めようか。手始めはここから」

龍雅が上半身を起こした。六花の太腿を挟むようにして跨り、胸元のバスローブを両脇に開く。

「あっ……」

ぷるんと自分の乳房が零れ出て、マシュマロのようにふわふわと揺れている。しかも龍雅に、はしたなく揺れる有様を見られてしまっている。

淫乱な身体だと思われないか不安で胸が一杯になった。恥ずかしいのに、龍雅の官能的に黒光りする瞳に射止められると、胸の先端がつきんと疼いて尖りを帯びた。

寒くもないのに、どうして——。

熱い視線だけで感じたように思われてしまう。

六花は意思に反して自己主張したそれを見ていられず、慌てて隠すように手で覆う。

だが自分の小さな手では、乳首は隠せても、手に余る乳房はほとんど隠せてない。逆に膨らみを色っぽく誇張しているだけだ。

それが余計に男の欲を注いでいることに六花は気が付いていなかった。

「わ、わたし……、身体に比べて胸が大きくて……、その、だから恥ずかしくて」

——そう、この胸のせいで、学生時代はクラスメイトから男を誘っている、淫乱だと勝手に思われていた。

「確かに大きい方だな。何カップ？」

「え、あの、Ｆカップで……」

「華奢なのにＦカップって、理想じゃないのか？　……ぃズリもできるし。極上の身体つきだろ」

途中、なんだかよく聞こえなかったが、体型を誰にも褒められたことがなかった六花は、龍雅の言葉に今までの苦労が報われた気がした。

女の子らしい可愛いブラをしたかったけど、胸を抑えつけるタイプの機能優先の可愛げのないブラばかりしていたのだ。

好きな人から極上の身体と言われるなんて、今まで胸の大きさがトラウマになっていただけに嬉しくて瞳が涙で潤む。

「私……、この胸のせいで学生時代は女友達から遊んでいると思われていて、仲間外れにされたりして」

「六花は顔も可愛いし心も優しい。その上こんな体をしていたら、男の視線は釘付けだろうな。そんなのやっかみだ。ほら、手をどけて自分でも見てみろ」

龍雅が胸を覆う六花の手をそっと外す。男らしい硬い手が柔らかな乳房を掬い上げてふるふると揺らした。

「ひゃ……んっ」

「張りがあってこんなに完璧な形の乳房は見たことがない。肌はミルクのようだ。乳首も理想の桜色じゃないか。六花はエゾヤマザクラ色だな」

「エ、エゾヤマザクラ……？」

「ほら、北海道の桜はソメイヨシノよりも濃い桃色のエゾヤマザクラが主流だろ。まさにレアな上モ……極上だろう」

恥ずかしいのに心が甘く震える。そのせいか、さらに頂きがつんと硬く勃ちあがった。

龍雅はざらつく親指で上向いたふくらみの突端を擦ると、六花の身体がびくんと大きくしなる。

「んぁっ……ひぅ」

「――っと、おいおい。まさか全身が性感帯なのか？　見た目だけじゃなく、相当ヤバい身体だな。念のためいうけど、ヤバいというのは、最高ってことな」

「りゅ、りゅうが……しゃんっ」

もしかして、こういう言葉遣いが篁の素(す)なのだろうか。少しぶっきらぼうに変わった物言いが気になったものの、頂きにふぅっと息を吐かれて霧散する。

くすりと笑みを漏らす男らしい唇が、色づいたそこに近づいた。

「美味(うま)そうでむしゃぶりつきたくなるが……」

龍雅が少し強めに乳房を握って、長く赤い舌を卑猥(ひわい)に伸ばした。

「まずは味見から」

いい子、と子供の頭をなでるように舌先で突起をねっとりと舐められる。擽(くすぐ)ったいと思った瞬間、口の中にじゅっと含まれた。

「あ……、あんッ……ひぁっ」

生温かい感触に包まれ、胸の先からじんわりと気持ち良さが広がっていく。

唾液をたっぷり含んだ舌先が、追い討ちをかけるようにコリコリと膨らみの芯を弄ぶ。

じかに身体に快楽を送り込まれるような、強烈な疼きが全身に走り抜けた。

冬眠から目覚めたように、身体中が気持ち良さに覚醒してしまったみたい。指先やつま先までぴくぴくと小刻みに震えてしまう。

口に含まれていない方の膨らみも同時に揉みしだかれ、男らしい指でキュッと突起を捻(ひね)られた。

「あ、やぁ……っ、そこ一緒に、あぁ……んッ」

龍雅さんだから、こんなに感じてしまうの……？　もどかしいのにえも言われぬ快感がじんと胸の先から生まれてくる。

「ほんと、敏感体質だな」

龍雅が頂を交互に吸うたびに、ちゅぱちゅぱと猥りがましい音がたつ。刺激を与えられるたびに、あちこちがびくびくと感じ入って甘い息が漏れ出てしまう。

龍雅の熱い口内で薄皮が剝がれるのではないかと思うほど、硬く凝った頂を痛いほど蹂躙される。

「あぁ……、やぁ、だめぇ……。それ、やなのぉ……っ」

「いやじゃないだろ。とろけた顔してるくせに」

「龍雅さんの意地悪……、んっ、んんっ、ぁん……」

息が乱れ甘い浮遊感とともに、脚の付け根の奥がじぃんと熱く痺(しび)れを増した。

「人聞きが悪いな。これでもまだ甘やかしてるだけなんだが。もっと本気で意地悪なことをしてやろうか？」

官能を煽り立てる妖艶な低音ボイス。下肢がもどかしげにずくんと疼いた。

「いい子にしてたらご褒美をやろう」

龍雅がバスローブの紐をシュルリと解く。なぜか龍雅の言う「本気で意地悪なこと」が、六花が考えるほど甘くない気がして、反射的に逃れようと腰をずり上げた。

「おっと、ほら逃げるな。とろとろのココを可愛がって欲しいんだろ？」

いとも簡単に引き戻され、恥じらう間もなく太腿を大きく持ち上げられる。今まで生きてきた中で、もっとも恥ずかしい体勢――脚をM字のように開かされた。

女の秘めた入口が丸見えになってしまう。

「ひぁんっ……！　やだ、やだぁ。龍雅さん、そこ見ないで……」

「ここも綺麗なエゾヤマザクラ色だ。すごい濡れ具合だな」

指摘された傍から、こぽりと蜜が溢れて後ろの窄まりをも淫らに濡らしていく。じっくり視姦されているようで、細胞までが羞恥で震えてしまう。

六花だって、こんなにも蜜が溢れ出るなんて想定外だ。もちろんセックスの時に女性は濡れるというのも知っている。

でも、こんなにとろとろになるだなんて、エッチなビデオの世界だけ、いわゆるやらせでローションのようなもので濡らしているせいだと思っていた。

呆れられたと思ったのに、龍雅は嬉しそうに切れ長の目元を緩めた。

「濡れやすい敏感体質だな。それに六花のエゾヤマザクラは、穢れのないピンク色ですごく綺麗だよ」

龍雅の言葉に、下半身が熱く潤んで蜜が溢れて零れ落ちてくる。しかも龍雅の眼前に晒された蜜口が、エサを求める鯉のようにヒクヒクしてしまっている。

やっぱり自分はとんでもない淫猥体質なのかもしれない。

もうこれ以上、濡れないでほしい。なのに龍雅は容赦なく言った。

「六花の下半身、ダメになるまでどろどろになるまで溶かしてやろう」

「えっ、待って、ひゃあんっ……！」

有無を言わさず、慎ましく閉じていた肉びらを太い指で左右に割り開く。

くぱぁと聞くに堪えない卑猥な蜜音がたつ。本当にこんな音がするのかと耳を疑う。

端正な龍雅の顔が近づいて、ぬかるんだ秘部にぬるりと舌が沈み込む。とろむ蜜を掬い上げながら器用に秘裂をなぞり上がっていく。

「あ……、ひぁ、ああ……ダメ……ッ、あぁ……んんッ」

ぬるついた大きな舌が、勿体をつけて秘溝を這い上る。

「ん、甘くて美味い」

「や。だめ、それだめぇ……」

男の舌で敏感な粘膜を嬲られるたびに、全身が操り人形用のようにがくがくと打ち震えた。

舌自体は生ぬるいのに、這ったところが灼けそうなほど熱く感じるのはなぜなんだろう。

誰にも触れられたことがない、秘められた部分を剝き出しにされ、可愛がるように嬲られる。

まるで甘い媚薬を塗りこめられているみたい。

肉体が龍雅の舌先ひとつに支配され、自分のものではないような感覚。秘裂から迸る快楽に、いやいやと首を振りながらも感じてしまっている。

経験したことのない濃厚な官能の萌芽に、六花は何度も甘く喘いだ。

龍雅のなまめいた舌は、縦横無尽に蜜襞を動き回っている。

肉びらを一枚ずつ隅々までくまなく味い、長い舌で後孔から割れ目の先端まで、ざらりとした舌で何度も往復される。

まるで獣の雄が雌の全てを味わい、自分の所有物であることを誇示するように。

「う……っく、あひっ、あッ、あんっ——……ッ」

底なしの甘い刺激に、ぞくぞくとした快感が溢れて肌が粟立った。

——信じられない。男が女の蜜汁を甘露なジュースのように味わっている。

あまりに卑猥で羞恥の方が勝っていたが、とうとう思考のすべてが快楽に浸潤（しんじゅん）される。

恋する男に禁断の秘部を愛撫（あいぶ）されることが、これほどまでに気持ちいいだなんて……。

もっともっと舐め尽くし、飲み干してほしい。

六花は堪えきれずに喉から甘く強請るような嬌声をあげた。もう我慢などできやしない。

足をはしたなく開いたまま小刻みにのたうち、龍雅が充分に啜れるようにM字を大きく開いて恥部を自ら差し出した。

——どうしちゃったの、私……。

天国に連れて行かれたような気持ちよさに、全身がぴくぴくと痙攣（けいれん）する。

その痴態を眺め、龍雅が息をのむほどの男の色香を漂わせながら微笑んだ。その口元は六花の蜜汁でぬらぬらと光っている。まだまだもの足りないといった表情だ。

「いい子だ。軽くイった？」

「――――っ」

龍雅の言葉に啞然とする。

身体中が龍雅の愛撫で感じすぎているのに、どう見ても軽いわけがない。

自分がこんなにも快楽に弱い体質だったなんて知らなかった。ソファーに敷いてあった上質なムートンのラグは、六花の蜜でぐっしょり濡れてしまっている。

「イイ顔だ。蕩けた表情も極上だな。もっと啼きながらイく顔が見たい」

紳士のイケメンＣＥＯとはとうてい言い難い龍雅の一面に狼狽する。

初めての行為に、いまだドキドキが冷めやらない。なのに龍雅はお構いなしに、ヒクヒクと痙攣する蜜の沼に長い指を沈み込ませた。

「ああっ、あぅ……ッんッ」

反射的にお尻の窄まりがキュッと締まる。

「おっと。さすがにキツイな。でもいっちょ前に可愛く締め付けてくる」

いきなり根元まで指を埋められ、息が止まりそうになる。胎内の深い所で男らしいごつごつした中指を感じて、六花は衝撃を受けた。その一方で本能に素直な蜜肉は、純粋に龍雅の指をきゅっと喰い締めた。

「いい締まり具合だ」

「あ……や、ゆ、指……が、はいっちゃ……って」

六花はなぜ龍雅が指をそこに入れるのか分からない。

拙い知識でも、そこには男性器を入れるものだとばかり思っていた。

息も絶え絶えに困惑した声を漏らすと、龍雅が無垢な蜜肉を探るように、ずぷずぷと抜き差しをし始めた。

「もちろん、分かってやってるんだよ。男はこうやって女の具合を確かめるんだ。男のイチモツを受け入れられるようになるまでな」

ぬちゅぬちゅと卑猥な音が立ち、蜜沼からさらに愛液が流れ出してくる。

淫らな音は盛大だが、かといって乱暴ではなく、指の腹が怯える襞肉をあやすように解していく。

「ひぁ……、あ……すご……ッ、あぁんッ……」

胎内から与えられる刺激に全身が総毛立つ。甘苦しい快楽にハッ、ハッと息が上がる。

まるで内臓をとろとろにされているみたい。

理性まで沸騰するような気がして、目の前が朦朧とする。

「あ……、ソコ、やぁ、やめっ……あぁんっ……、ひぃあんッ……」

「ナカ、きゅうきゅう喰い締めて、男を知らないのに健気だな。ほら、もっと啼いて蕩(とろ)けてみせろ」

空いた手で淫唇を器用に寛げられ、ぽってりと膨らんだ蜜芯を剝き出しにされた。充溢した快楽の芽を舌先でクニクニと弄ばれる。

「ひぁ、はぁ……ぁぁんんッ」

——嘘でしょう。

内側と外側から絶え間なく甘い刺激を注がれて、息もできないほどの恍惚に溺れそうになる。

鼻から媚びるような啼き声をあげながら、龍雅の舌の動きに合わせてビクンビクンと腰が浮いて惑乱する。

蜜芯と膣肉を同時に攻められ、もはや理性を留めていられなくなる。

「も……だめぇ……ッ」

「よしよし、まだ自分でうまく気をやれないな。イかせてやろう」

指でナカのざらついた箇所を執拗にまさぐられ、六花は息を詰まらせた。過ぎる悦楽に我慢できずに泣きじゃくる。

狂わせられているのは六花だけではないようだ。

龍雅の息が荒い。

興奮を抑えられない様子で、溢れる果蜜を屠るように啜っている。

もちろん剝き出しの淫芽はも丹念に舐めて可愛がる。ソコは息が吹きかかっただけでもイきそうになるほど敏感になってしまっていた。なのに龍雅が容赦なく口の中に含んで、じゅっと押し潰すように吸引した。

「ああっ……、りゅ……がさ……ッ、ああ——……ッ」

包皮が剝かれて露になった秘芯が、きつく吸い上げられる。

生まれて初めて絶頂という楽園に昇りつめていく。

だからといって甘い責め苦から解放されず、小さな秘芯をすっぽりと口腔に含み入れたまま、貪欲に強く吸い続けられた。

頭がおかしくなる。身体中が熱くなる。

内側から炙られているような強烈な快楽に、六花は訳も分からず腰をのたうたせながら泣きじゃくった。

「ふ、ふ、ふぁん……、ひぁ……、あぁ、あぁぁぁ……っ」

「いい子だ、ずいぶんうまくイけるようになった」

すると龍雅がきつく締めた口腔を解き、あやすように淫芽を舌先でチロチロと愛撫した。

容赦のない悦楽を植え付けたのも龍雅だ。

なのにそれをなかったかのように、今度はよしよしとあやされる。うらめしいのに単純な蜜口は、龍雅に媚びるようにヒクヒクと戦慄いた。

「すごいイきっぷりだ。六花は敏感で最高に可愛いな」

甘い言葉に安堵したのも束の間、濡れそぼった淫唇に何かが押しあてられた。

龍雅の熱い塊が、とろとろになった割れ目のあわいにそって前後する。蜜で潤う海を泳ぐように、ぬるっぬるっと肉幹を襞に沈み込ませて擦り上げた。

「ひっ……、やぁ、そこは……ッ」

ぐずぐずに蕩けた秘部には刺激が強い。

ずっしり重さのある肉棒は、まるで生き物のように脈打ち、雄の欲望をダイレクトに伝えてくる。

初めて目の当たりにする本物の男性のイチモツは、保健の教科書とは全く違っていた。

大きさも硬さも、六花の想像を遙かに超えている。

しかも龍雅のそれは亀頭が嵩高(かさだか)で括(くび)れが深い。とうてい六花の中にすんなり入る形だとは思えない。幹は太くてみっちりと中身が詰まっていて重さが半端ない。

とてつもなく獰猛で卑猥な形状をしているのに、誇らしげにそそり勃っている。

——こんなの、入らない。

「や、龍雅さ……む、むりですッ……」

六花は恐れ慄き、いやいやと首を振る。

「またまた、そんなこと言って恥じらう様子も可愛いな」

龍雅が切れ長の目を眇め、六花を甘く見降ろした。

——なっ。いえいえいえっ。恥じらってなどいませんからぁっ！

本気で大きすぎて無理だと思っているのに。

六花が涙目で睨(にら)みつけると、逆に破顔され、ちゅっと口づけされてしまう。

不意打ちの甘いキスにほだされ、心がもう好きにしてと闇落ちする。

「そんなに俺が欲しかった？　強請るようにとろけた顔も、可愛くて困るな。六花とのセックス、堪らない」

——もちろん、私だって片想いが叶って幸せだ。ひょんなことでエッチまで進んでしまったが、龍雅は信頼のおける人だ。

色気のある瞳で求められれば、恋にどっぷりと嵌まっている乙女には、拒絶などできるはずもない。

「ほら、六花の中に挿入りたくて、ガチガチに勃ってるのが分かるだろ？」

龍雅が自身の根元を摑んで、長い陰茎を淫唇にねっとりと擦り付けた。

淫らな男の慾の塊をあてがわれ、甘い恍惚が走り抜けて眩めいてしまう。だが六花の敏感体質は極めた後も健在だ。

雄々しい質量を感じて隘路がきゅぅんと収斂し、蜜汁がぐちゅっと溢れ出す。

——ううう……。

なんて厄介な体質なのだろう。

「まったく凄いな。エロい涎をこんなに垂れ流して。挿れたらすぐに極楽にトびそうだな」

股ぐらを大きく左右に押し広げられ、六花の秘部は無防備に曝け出される。

熱い視線がこれでもかと降り注ぐ。

エゾヤマザクラが綺麗だなと感嘆のため息とともに呟かれ、かぁっと頬が染まる。だが、羞恥に脚を閉じる間もなく、いきり勃った肉槍の切っ先をひたりと蜜口にあてがわれた。

ドロドロに蕩けた窄まりに、上から圧し掛かるようにぐぷっと亀頭を沈み込ませていく。

「ひっあッ、あぁっ、あ……あああぁっ……」

——おっきぃ。

指とは全然違う。狭い入口が引き裂かれてしまうのではないかというほどの圧迫感。

無垢な膣壁をいきり勃った男の槍で強引に抉じ開けるような勢いだ。

「——ッ、これはヤバいな。俺のも喰われそう」

未熟な蜜壺は、龍雅の巨大な陰茎を異物とみなし、押し戻そうとする。だが、揺るぎない質量は情け容赦なしに、ずぷずぷと狭隘な蜜壁を押し拓いていく。

あれほど余裕たっぷりだった龍雅の表情が少し苦しげに変わる。

「——く、六花の処女を俺がもらう」

まるで決心のように呟かれた。

六花が涙目でこくこくと頷くと、怒張がさらに大きくなる。

「ったく、無自覚か……。可愛すぎて、柄にもなくおまえにダメにされそう」

龍雅が六花の腰をがっしりと抱き込み、滾った肉塊をひと思いに呑み込ませた。

「ひぁっ……、んぁ、あぁぁ……ッ」

ずぷぷ——という圧迫感とともに、破瓜の痛みに貫かれる。

だが龍雅は躊躇うことなく、その分身を濡れそぼつ膣肉に根元まで咥えさせた。

初めてで生涯最後の破瓜の痛み。泣きそうなほど辛いのに、なぜかその初めてを龍雅に捧げ、彼で満たされたことに大きな悦びを感じてしまう。

好きな人と結ばれるというのは、こんなにも切なくて、こんなにも幸せなことなのか。

「いい子だ。よく頑張ったな」

繋がったまま抱き起こされ、龍雅の逞しい胸にぎゅっと包まれる。

頭上でちゅ、ちゅっというリップ音が耳に響いた。

龍雅が頭の上に優しく口づけてくれている。背中もよしよしと撫でられ、六花の胸は痛みよりも幸せできゅんとなる。

そうしているうちに、泣きそうなほどだった痛みが嘘のように引き、肉棒を咥えこんだ蜜肉からじゅわりと愛液が滴った。

それどころか、剛直を咥え込んだ隘路がきゅっと締まるような感覚に襲われ、息を飲んだ。

ど、どうしたの？　わたし……。

「――っ、悪い子だな。蕩けた姿に気を抜いていたら煽ってくる。覚悟しろよ」

龍雅が六花の尻肉を軽く持ち上げ、自分の腰を引いた。長いイチモツがずるりと引き抜かれ、内臓までも引き摺り出されそうに感じてしまう。

ぎりぎりまで刀身を引くと、嵩の張った括れが蜜口でひっかかる。あと一ミリでも腰を引いたら、ちゅぽんと抜けて落ちてしまいそうだった。

だが、龍雅は絶妙なタイミングで折り返し、ごちゅっと身体が上に浮くほど太竿で奥に突き上げた。

「ハぁんっ……、んぁああ……ッ」

「――っく。すごい締め付け」

まるで六花を串刺しにでもするように、ずぷずぷと勢いをつけて抽挿する。六花は龍雅の太い首にぎゅっと縋りつき、振り落とされまいとした。

重力のせいか龍雅の突き上げが深いのか、根元まで蜜口にピッタリと密着するほど深く穿たれる。襞の一枚一枚に、龍雅の肉幹を味わわせるように。

鍛え上げられたと分かる龍雅のしなやかな腰。それが淫猥に六花を揺すり上げてくるものだから、龍雅のイチモツの大きさをまざまざと感じてしまう。

グチュグチュといやらしい音を立て、パンッと蜜を弾かせながら幾度も腰を叩きつけていく。

セックスってこんなにも生々しいの……?

まるで身体ごとむしゃぶり、喰い尽くしているようだ。

卑猥に響く打擲音に性交の匂い。

龍雅の洒落たリビングに濃厚で妖艶な雄と雌の匂いが充満する。

「ぐ……ッ、は……ッ」

龍雅の息が掠れて荒々しい獣じみたものに変わる。

深く、長い絶妙なストロークで蜜壺を掻き混ぜられ、気持ち良さに啜り泣きが止まらない。

きゅうきゅうと喰い締める蜜壁のせいで、卑猥な雁首の形や、太長い彼の分身の存在感をリアルに感じて堪らないほどゾクゾクする。

──龍雅さんの、すごい……。おっきくて気持ちい……。

まるでお腹が彼のイチモツですべて満たされているようだ。

保育園でのスマートな彼とは違い、生身の龍雅は雄々しかった。

もしかしたら、今の彼が本当の龍雅の姿なのかもしれない。

「龍雅さぁ……んっ、はぁ……、あぁああ……ッ、……もち……いぃんッ」

「気持ちイイか？　六花のナカもビクビクして俺も最高に気持ちいい」

ぐちょぐちょに突かれまくり、もう訳が分からない。

パンパンと突き上げられるたびに乳房や身体が跳ね上がる。

胎内から快感がとめどなく滲み出て、内臓も下半身もぐずぐずに溶けてしまいそうだ。

まるで悦楽という火で焙られているような感覚。

休むことを許されない強烈な抽挿に、蜜がじゅぷじゅぷと白くなるほど泡立った。濃厚な蜜は、龍雅の楔の上をどろどろと滴りながら掻きだされていく。

早くも快楽を覚えた媚肉は龍雅の肉茎を咀嚼するように、きゅうきゅうと喰い締めた。

「──ッ、いいぞ、六花。ここか？　奥が好きか？」

恍惚の入り混じった掠れ声をあげ、龍雅が角度を付けながら、ますます腰の動きを深めていく。

「やぁ……ッ、そこ、だめぇ……、ひゃッ……、おっきくなって……」

六花の尻肉をぐいと広げ、激しく六花を揺さぶった。

互いの体液がぐちゃぐちゃに混ぜ合わさる。龍雅の肉棒は六花の蜜汁を美味しそうに浴びている。

快楽にふやけた六花の身体はいうことを聞いてくれない。ただ龍雅の抽挿と同じ律動を刻み、腰や乳房を厭らしく揺すっている。

「りゅが、さ……、あ……はぁんッ……」

「……反則。身体だけじゃなく、声もエロい……。可愛い」

ズンっと心に響くように突かれて、六花は甘く甲高い嬌声をあげて龍雅に縋りつく。

——私、こんなにも龍雅さんが好き。

愛しい人と心も身体も一つになれた喜びの極みへと昇りつめていく。

「ひぃ……んっ、も、だめぇ、も、ゆるしてぇ……っ、いっちゃ……」

「悪い。許してやれない」

快楽に脆弱な六花はとうとう弱音を吐いた。

だが、射精寸前の雄の本能なのか、龍雅は六花の腰を逃がすまいとがっちりと抱き込んで、獣さながらに容赦なく腰を揮いあげる。

「──ッ、ヤばい、射精る……ッ」

呻きながら六花を押し倒し、ぬらぬらと光る太茎をすんでのところで引き抜いた。六花の眼前で、そそり勃った赤黒くグロテスクに光る陰茎が、びくびくと脈動しながら白い肢体の上に、白濁を撒き散らしていく。

お腹や乳房、顔にまで熱い飛沫が、勢いのいいシャワーのように降りかかる。

男の欲を身体中で受け止めた六花は、何が起こったのか分からずに呆然とする。強烈な快感の余韻に打ち震えながらも、身体の上に迸った液体の熱さにびくびくと感じ入ってしまう。

「ひぃあ……、あんっ……んぁ……っ」

皮膚のあちこちで龍雅のどろりとした精が熱を放つ。

「──ヤバい。気持ちいい、最高だ。六花が悦すぎて危うく中に出すところだった」

龍雅が前髪をかき上げ汗の雫を滴らせた。その悪びれない仕草にハッとする。

もしかして、避妊なしで挿入……？

今の今まで気が付かなかったなんて、いくら何でも快楽に弱すぎる。

「もちろん、六花が孕んだらそれはそれで嬉しいけど」

「は、孕っ……」

「ナカで味わわせてあげられなくてごめんな。代わりにほら、俺の味覚えて。もう離してやれないから観念したほうがいい」

乳房の上の精液を指で掬って六花にしゃぶらせた。

どろりと蕩けるような生々しい舌触り。青苦いけれどどこかハッカにも似た清廉な龍雅の味。

雌の本能なのか、男の精を欲して、きゅうんと蜜壁が収縮して戦慄いた。

「……ひゃんっ」

「また濡れた？　素直で可愛いな。お望みなら次は二階の寝室でヤろう。俺の部屋にはゴムもあるから安心していいよ」

「えっ、うそ……、きゃっ」

龍雅がはひょいっと六花を抱き上げると、広い螺旋階段を上っていく。

――もしかして、私、ヤバい人を好きになってしまったのでは？

保育園のスマートな龍雅からは想像もできないほど濃厚で、とてつもなくふしだらなセックスだ。

「あ、あの、また……？」

「ああ、心配しないで。さっきは俺も余裕がなかったけど、今度はゆっくりシような。明日は保育園も休みだろ。朝までたっぷり気持ちよくしてあげるから」

螺旋階段で抱かれながら、極上のキスを送り込まれた六花はあえなく陥落する。

ほとほと快楽に弱い自分が恨めしい。

龍雅のエッチは想像以上に淫猥で極甘なのに、ときおり乱雑な言葉で責められる。そのギャップにもときめいて感じてしまう自分がいた。

「着いたよ。今度は電気を消して奔放に交わろうか」

寝室に入ると、なぜか龍雅は電気を消して真っ暗にした。仄かに窓の外で瞬く僅かな夜景の灯りだけが室内に入ってくる。

だが、暗いせいか相手の息遣いや打擲(ちょうちゃく)音がより生々しい。

龍雅も六花も理性を解放し、裸のまま乱れに乱れて絡みあう。

六花は指先から秘芯にいたるまでねっとりと甘く骨の髄までしゃぶられた。

身体中が龍雅の精と自分の粘液でべとべとになってもなお、快楽の坩堝(るつぼ)へと堕ちていき、とうとう意識を手放した。

弐ノ章「義」その男、極道につき

――うそだ。絶対に違う。彼じゃない。

明け方に目を覚ました六花は我が目を疑った。

最高の目覚めから、一瞬で最悪の目覚めへとなり果てる。

身体のあちこちはきしきしと痛むが、龍雅との初めての夜は驚きと至福に満ちていた。

そう、たった今の今までは――。

ベッドサイドに置かれていたディスプレイウォッチを見ると朝の六時前だった。

六花はリビングで初めて龍雅と身体を繋げたあと、ペントハウスの二階にある彼の寝室で、再び時間をかけて艶めかしく交わった。

まだ龍雅に身体中を愛された記憶が冷めやらない。初めてなのに何度もイってしまい、最後の方は、自らお強請りまでして龍雅を苦笑させていた。

それでも龍雅は六花の望むとおりに愛撫を与え、被膜ごしではあるが、六花の中で昇りつめ吐精した。

たった一晩で龍雅とのセックスに骨抜きにされてしまうなんて……。

六花は毛布に包まったまま昨夜の性交を思い出し、頬を熱くした。

龍雅には女を惑わす危険なフェロモンが出ているに違いない。

我を忘れて狂ったように身体をのたうたせて善がってしまうなんて、自分の身体はなんて快楽に弱いのだろう。

二度目の吐精の余韻が冷めやらぬ中、龍雅は三回目をしたそうだったが、六花が初めてなことを気づかい二人はそのまま眠りについた。それでも俺のモノだと言わんばかりに、しっかりと六花を腕の中に抱き込んでいた。

逞しい大胸筋に包み込まれ、人生最高の幸せの余韻に浸りながら眠りについたのは、夜中の二時頃だったと思う。

六花は改めて、ベッドの傍らで寝息を立てている龍雅をまじまじと見下ろした。

彼は半身をうつぶせにして横たわっている。パジャマを着て寝ない、と言ったとおり豹のようなしなやかな肢体を晒していた。

だがその背中には禍々しいものが描かれていた。

龍雅の逞しい背には、なんと大きな龍の刺青が彫られていた。恐ろし気なのに目が離せない。見てはいけないものを見てしまった気がする。

どう見ても一般人のお洒落タトゥーとは訳が違う。

――神様、嘘だと言って……。

六花は衝撃で気が遠くなりかけた。

夢であって欲しいと思い、自分のほっぺたをぎゅっとつねって確認する。

——夢じゃない。

彼の秘密を知った自分は、コンクリートに詰められて海の底の藻屑にされてしまうのではないか。

一瞬恐怖が頭をよぎる。けれど恐怖など霞んでしまう決定的な事実に、目が釘付けになる。

今の彼は眼鏡をかけておらず、素顔のまま目を閉じて寝入っている。

その横顔は端正で美しかった。

彼の甘さを含んだ目元には、なんと小さな泣きぼくろがあった。今までは眼鏡越しだったし、こんなに間近で彼の顔を見つめたことはない。そのせいで、六花は気が付くことができなかった。

背に龍の刺青に泣きぼくろ。姉がスマホに遺した男の姿と瓜二つ。

恋しい人の寝顔にきゅんと心が揺さぶられる。もしかして姉の透子も、こんな気持ちで情事の後にこっそり男の寝顔を撮ったのだろうか。

もしかしたら龍雅は姉の恋人だったのでは……？

その考えが頭をよぎると、まるで心臓を握りつぶされたように呼吸が苦しくなった。

——まさか、信じたくはない。

だが眼前の龍を背負って艶めいて横たわる男の肢体は現実だ。

六花は混乱し、パニックになった。

なんとか呼吸を整えて落ち着くと、改めてぐっすり寝入っている龍雅をじっと見つめた。

この人が愛しい。恋しい。でも、あなたは姉の恋人だったの？

背中の龍は無言で六花を威嚇している。

六花はベッドサイドに置かれていた自分のバッグから、そっとスマホを抜き取った。

彼の寝姿を隠し撮りする。ちょうど、姉のスマホに残されていた写真のアングルとほぼ同じだ。無防備に背中の刺青を露に身体を俯かせ、片頬を下に向けている。

それが龍雅の寝る時の癖なのかと思うといたたまれない。

六花は姉を裏切ってしまったような罪悪感に囚われた。だが、仄かに立ち上がる龍雅の男っぽい香りにさえ、恋心の弦を掻き乱されてしまう。

――だめだ。

ここでは、まともに考えを纏めることができない。しかも、龍雅とどう顔を合わせていいか分からない。どこか、龍雅のいないところで考えよう。

六花は龍雅を起こさないよう細心の注意を払い、ベッドルームを後にした。階下に降りると、六花の服は綺麗に洗われきちんと畳んでリビングのテーブルの上に置かれていた。

しかもその傍には、六花の車のキーも添えてある。

そういえば、昨夜、龍雅が不破と呼ばれた若い男性に、六花の車をマンションの地下駐車場に戻すように指示していた。

まさか本当にあの雪の中を運んでくれたの。

とにかく、地下駐車場に行って確認しよう。

六花は、バスローブを脱いですぐに自分の服に着替えると、奥の子供部屋らしきドアを開ける。

華ちゃんにぴったりくっついて寝ている陽菜をそっと抱き起した。

「ん……？　りっかちゃん……ねむいよ……」

「陽菜、雪がやんだからお家に帰ろうね」

六花は、『龍雅さんへ。お世話になりました。家のことが心配なので帰ります。お礼はまた改めて致します。ありがとうございました』とそっけないメモ書きを残して、半ば夢うつつな陽菜を抱き、逃げるようにペントハウスの玄関を後にした。

朝が早いせいか、運よく昨日の警備員の姿は見えなかった。

エレベーターに乗り込み地下駐車場に降りると、ちょうど目の前の来客用の駐車場に、六花のオンボロ軽自動車が停められていた。

心の中で、不破さんにお礼を言う。

ずらりと高級車が並ぶタワーマンションの地下駐車場で、六花の愛車だけがなんだか不釣り合いだ。

まるで龍雅と自分みたいに思えたが、構わず陽菜を急いでチャイルドシートに乗せ、運転席に飛び乗った。

龍雅に気づかれないうちにと、気が逸る。

——追いかけてきたらどうしよう。

エンジンをかけると同時にアクセルを踏み、駐車場から雪景色の道路へと走り出る。窓の外に広がる見慣れた銀世界に、ようやくほっと息を吐く。

恋しい男の元を去るのは後ろ髪を引かれてしまう。それでも六花は、龍雅から逃げるようにアクセルを踏みこんだ。

心配した自宅までの道のりは、夜明け前に除雪されたらしく、道路は車が通れるようになっていた。

無事に自宅に到着すると、古く狭いリビングのストーブを点ける。小さな家のいい所は、すぐに温まるところだ。

慌ただしく陽菜を起こして連れ帰ったせいか、陽菜は家に着くなり、またすやすやと眠りについてしまった。あどけない寝顔を見れば、いつもは穏やかで幸せな気持ちになれる。でも今は心臓がバクバクして、とてもではないが平常心ではいられない。

「わたし、龍雅さんと……」

こうして自宅に着いたのに、龍雅と過ごした一夜のことで胸がいっぱいだった。

六花はスマートフォンをバッグから取り出し、胸にギュッと抱きしめた。

龍雅に抱かれたことを思い出すだけで、心が甘く溶けそうになる。

つい数時間ほど前までは、熱い夜を過ごしていたことがまだ信じられない。彼に組み伏され、その熱い息遣いをすぐ耳元に感じていたというのに。

龍雅の容赦のない、なのに官能を煽り立てるように波打つ腰の動き。

胎内で誇らしげに脈打つ、彼の雄々しい存在感。自分の身体も心も一夜にして全く塗り替わってしまった。

淫靡な情交が蘇り、六花はぱっと顔を赤らめた。

「ああ、もう……っ」

このどうしようもない思いは龍雅に対してじゃない。初めてなのに思いきり感じまくって乱れに乱れた自分へだ。

まるで発情期の雌猫のようだった。

甘く媚びた声をあげ、彼の愛撫をお強請りしながら、生まれて初めてめくるめく悦びに啜り泣いていた。

救いようのない事実がまざまざと蘇ってくる。

しかも六花は、彼に内壁を突き上げられながら、自分からも淫蕩に腰を振り、もっと、もっととせがんだのだ。

言葉にすると卑猥だが、龍雅との交わりは本当に気持ちが良くて、まさに天国に昇りつめるようだった。

それはひとえに龍雅だったから。

思い起こせば、六花は物心着いたときから、ほぼ姉と二人きりの生活だった。自分はきっと愛情に飢えていた。愛されること、愛することに。

それが龍雅に出会い、カラダからではあるが大人の愛情表現を教えてもらった。

恋い慕う男性と肌を重ね合わせ、唇や性器を繋げて一つに溶け合う。

男女の原始的な営みが、胸が震えるほど、こんなにも幸せなんだということに気が付かせてくれた。

それでも龍雅の巧みな愛撫に溺れて、自ら醜態を晒すという墓穴を掘ってしまったことは否めない。

しかも気が張っていたせいか、自宅についた今、足腰がガクガクするほど力が抜けてしまって、まともに歩けそうもない。まさに腰砕けだ。

それもそうだ。初めてなのに、一晩に、に、二回も、しかも六花でも濃厚だと分かるセックスをしてしまったんだもの！

「次に会ったらどうしたらいいの……」

六花は頭を抱え込んだ。

今になって自分はなんてことをしてしまったのだろうと後悔する。酔っていたとはいえ、相手は保育園に子供を預けている親御さんだ。

酔いが回った勢いで告白して、彼をその気にさせてしまったのは紛れもないこの私だ。

龍雅は六花たちを助けてくれた上に、好意で自宅に泊めてくれただけ。

もちろん最初はその気なんてなかっただろう。

彼もシングルで若い男性だ。せ、性欲だってそれなりにあるに違いない。告白して気がある素振りを見せれば、男性ならきっと誘われていると思うに決まっている。

果たして龍雅は六花が思うほど、自分を好いてくれているのか怪しい所だ。

「龍雅さん……」

六花は自分のスマートフォンの写真アプリを起動した。一覧から今朝、隠し撮りしたばかりの龍雅の寝姿をタップする。

「かっこいい……」

――いやいやいや。そうじゃない。消えろ、私の煩悩。

六花はぶんぶんと首を振って彼への想いを追い払い、心を落ち着けてから再びスマートフォンを覗いてみる。

硬く引き締まり筋肉の盛り上がった逞しい背中には、まぎれもない龍の刺青。さらに腰の方には赤い花の刺青が見てとれる。

艶めいた寝顔には、女性に引けを取らないほどの、長く濃い睫毛が麗しげに伏せられている。その目元には、ちょんと小さな墨を落としたような、くっきりとした泣きぼくろが映し出されていた。

情事の後のしどけない寝姿に、再び心臓がキュンとときめいたものの、心は複雑に揺れる。

六花は自分のスマートフォンをテーブルに置くと、今度は箪笥の引き出しから姉が遺したスマートフォンを取りだした。

パスワードは陽菜の誕生日だった。同じように姉の写真フォルダを開いてみる。

少し躊躇(ちゅうちょ)した後、多くの写真の中の一つを選んでタップした。

撮影された日付は、陽菜が生まれるちょうど十か月少し前のものだ。

六花が撮った龍雅の写真と同じアングルで、うつ伏せで寝ている裸の男が写っていた。

姉の写真の方は暗いうえに、画像も粗く見えにくい。でも、男の背中には龍雅のものとよく似た龍らしき刺青がある。腰の方はほんのりと赤い花。

前髪が顔に降りかかって顔はよく見えないが、拡大してみると、ちょうど龍雅と同じ位置に、泣きぼくろらしきものが写っていた。

――龍と花の刺青に、泣きぼくろ……。

こんな偶然ってあるのだろうか。

こうして改めて並べてみると、二人はどことなく体つきも似ている気がする。

もしかしたら、陽菜の父親は龍雅さんなの――?

そう考えるだけで、鉛を飲み込んだ気分になる。

六花はぶるっと身震いした。

部屋の中が肌寒いせいじゃない。重い現実と向き合うのが怖いのだ。

彼が陽菜の父親かもしれない。

それはつまり、かつて龍雅が姉の愛する人だったということだ。

その他にも分からないことばかりだ。龍雅の背中の刺青もただ事ではない。

しかも彼の刺青は、いわゆる和彫り、というものなのではないか。

よく外国人や若者がしているようなドクロや十字架などのファッション目的のタトゥーではない。完全にそのスジの世界のものと思われる、禍々しく存在感のある龍の刺青だ。

――篁さんは、まさかヤクザなの……？

ヤクザにとって刺青は、極道の証(あかし)でもあるはずだ。

でも、そう考えるとしっくりくる。

もしも龍雅が、姉の写真の人と同一人物だと考えると、ぴったりとパズルのピースが嵌(は)まってしまう。

二人は姉が身を置いていた夜の世界で知り合い、身体を交え子まで成した。でも姉は、その男の存在を誰にも、妹の私にさえ明かさなかった。

それはひとえに、彼がカタギの人ではなかったからじゃないの？

姉の恋人で陽菜の父親は、龍雅かもしれない……。

「わたし、どうしたら……」

そんなこと、信じたくはない。

なにより彼と肌を重ねた後では、自分の恋心を抑えることなんてできない。もう後戻りはできないのだ。

このままなにも知らなかったことにして、龍雅と……。

「うう……ん、まぁま……」

その時、陽菜が寝言を言いながら寝返りを打った。

六花は自分に愕然とする。

――わたし、今なんていうことを考えてしまったの。

なんて利己的で、酷い人間なのだろう。

もしも龍雅が姉の恋人だったなら、陽菜の父親でもあるはずだ。

姉のために、いいえ、陽菜のためにも、龍雅が姉の写真の人と同一人物かどうか、確かめないといけないのだ。

*　*　*　*　*

その日の夜。

六花は繁華街にある姉が遺したクラブに顔を出した。

「こんにちは。蓉子(ようこ)ママいます?」

その日、六花の勤める保育園はお休みだった。

だが、六花はそのクラブのビル内に、クラブで働くホステスのための小さな託児所を作りこぢんまりと運営していた。

人が足りない時は、六花も陽菜を連れてきて手伝っている。

その夜も託児所に陽菜を預けて、姉の銀座時代からの友人でもあり、共同オーナーとしてクラブを運営している蓉子ママに相談してみることにした。

蓉子ママは姉が札幌にオープンしたクラブ「Snow White（スノーホワイト）」の小（チー）ママとして姉を手助けしてくれていた。

夜の世界にも長くいるため、情報通で信頼のおける人だ。

今は「White Snow（ホワイトスノー）」のママとして、お店を切り盛りしている。

「あらぁ、六花ちゃん、今日はずいぶんと早いじゃない？」

京友禅の付け下げをしっとりと着こなした色気のある日本美人だ。姉よりも年上で、たしか三十五、六歳ぐらいだったと思う。

「蓉子ママ、ちょっとご相談したいことがあって。カウンターいいですか？」

「もちろんよ。まだ開店前だし。どうしたの？」

「あの、これ……、前に姉のスマホに残っていたものと同じような写真が見つかったんです。この男性の背中の刺青に心当たりはありませんか？」

六花はまさか昨晩、一夜を共にした相手の写真だとは打ち明けられずに、小さな嘘を吐いた。

「あら、前のよりもこっちの写真の方が鮮明ね。ふふ、すごく鍛えたいい体してる。うん、これは女殺しの男だわ。それにこの龍の刺青……、なんだかちょっと変わっているわね。雅也クン、ちょっと来てくれる？」

蓉子ママが開店の準備をしていた若い黒服を呼んだ。

「雅也クンは最近、入ったばかりなんだけど、裏社会の事情に詳しいの。ね、これ、この刺青、知ってる？」

蓉子ママが雅也と呼んだ黒服にスマートフォンの写真を見せると、じっと見てから驚きの声をあげた。

「ひっ……、蓉子ママ、いったいこの写真、どうやって手に入れたんすか？　これ、泣く子も黙る昇り応龍と赤牡丹の彫じゃないすか！　蒼龍會総本家の筆頭若頭の！」

「え、蒼龍會って、あの……？」

蓉子ママもひゅっと息を呑む。

その黒服は、真顔でごくっと喉を鳴らして頷いた。

「本名は極秘にされているらしく組織のごく一部しか分からないらしいんすよ。でもその彫は紛れもなく、蒼龍會の先代の跡継ぎのものですよ。今は若頭ですが、実質本家本元のナンバーワンです。応龍と牡丹の彫といえば、その筋の奴らなら、見ただけでみんな震えあがります」

蓉子ママと雅也が真剣に話していることに六花はついていけない。筆頭若頭とか、本家とか、どういうことなのだろう。

「あの、そーりゅーかい、って……？」

「えっ、六花さん、知らないんすか？　蒼龍會って明治から続く極道の老舗なんす。えーと例えば、代々続く家元みたいなもんで。蒼龍會の構成員は全国に一万人以上もいて、今の若頭は亡き総長の御曹司。いわばサラブレッドなんすよ。今風に言うと極道界のプリンスね。あ、それに蒼龍會は会社でいうと、もう俺ら末端では手の届かない大企業っす。総長はその大企業の社長で、若頭っていうのは、社長の次に偉い人、副社長みたいなもんす。組のナンバー2の役職名なんすよ」

　雅也が興奮したようにさらにまくしたてる。

「わーすげー、この彫を拝めるなんて、生きててよかった。この写真、俺にももらえませんか？　お守りにしようかな」

目をキラキラさせる雅也に、蓉子ママがめっと叱るような目線を向けた。

「雅也クン、あなたはもうそっちの人じゃないんだから」

「あ、すんません。つい。オレ、昔、蒼龍會の枝の枝の小さな組にいて。組長が病死した後、潰れちゃって自然消滅したんすけどね。だからその応龍と牡丹の彫、拝めただけですげーっす」

　へへへと、苦笑いしながらも、スマートフォンを覗く雅也はその刺青に畏敬の念さえ抱いているようだ。

「応龍……って、龍とは違うんですか？」

「六花さん、ほら、ここ見てください。龍に羽があるでしょ？　これは応龍といって龍の中でも最強の龍って言われてます。それにこの花は牡丹で、蒼龍會の代紋（カンバン）になってるんすよ。しかもこの赤い牡丹は、蒼龍會総長の身内にしか許されていない彫っす。この昇り応龍は、代々、蒼龍會若頭のトレードマークで」

六花も改めてじっくりと写真を見た。

確かに恐ろし気なコワモテの龍には羽が生えており、腰骨の方には鮮やかな赤い牡丹が描かれている。

「あの、代紋(カンバン)っていうのは何ですか？」

「あ、カンバンって、代紋(だいもん)のことなんすけど、組のシンボルマークです。組員はその代紋のために命も張るんすよ。牡丹の代紋はその世界では一級品、一流ブランドのようなもんす」

「六花ちゃんには刺激が強すぎるわよねぇ。そういう世界とは、全く関わりがなかったんだもの。でも、透子ママは銀座でナンバーワンを張ってたから、きっとそういう世界の人と、何かしらのお付き合いがあったかもしれないわよね……」

「あの、その蒼龍會の若頭にはどうやったら会えますか……？」

するとᒼ子ママも雅也もぎょっとした表情になる。

「六花さん、それは無茶っすよ」

「そうよ、六花ちゃんの手には負えないわ。透子ママも危ないから、六花ちゃんにはなにも言わなかったのよ」

二人が声をそろえて止めるのを六花は首を振って懇願した。

「お願いします……。どうしても陽菜の父親が誰だかこの目で確かめたいの。ただ顔を見るだけ。それ以上は望まないから」

――そう、その人が龍雅かどうか、きっと一目見ればわかるはずだ。

六花の必死の懇願に二人は顔を見合わせる。一歩も引かない六花に、二人はとうとう折れた。

雅也が蒼龍會支部のビルのある場所を紙に書いて教えてくれた。

「この界隈にも下部組織の組事務所がいくつかあるんすが、蒼龍會本家の札幌支部のビルが近くにあります。夜の店の経営とか歓楽街の用心棒はもちろん、不動産、金融、最近はＩＴやデジタル通貨で莫大な富を稼いでるって噂です。なんでもその若頭がすごく頭も切れるらしくて。しかも噂では、本拠地は東京なんすが、今、札幌（こっち）に来てるらしいっす。その若頭が」

「じゃあ、もしかしたらそのビルに行けば、その人に会えるかもしれないの？」

六花が口を開いた途端、二人が声をそろえて制止した。

「絶対にダメっ！」

「絶対にダメっす！　殺されますよ」

これには六花も苦笑した。相当、その若頭はアブナイ人のようだ。

雪の中、六花を助けてくれた優しい龍雅とは、やはり別人なのではないか。

六花の心の中に希望の火が灯る。

「六花ちゃん、絶対に一人で無茶なことはしないで。あなたにまで何かあったら、透子ママに顔向けできないわ」

「蓉子ママ、心配してくださってありがとうございます。よく分かりました。ただ近くの道路からその蒼龍會の支部のあるビルをちらっと見るだけにします。うまくその若頭が出入りするところを見られたらいいんですが。もし見られなかったら……」

インターホンを押して、聞くだけ聞いてみようと思ったのだが。

二人には六花の考えがバレバレのようだ。

「六花さん、絶対にダメっす。若頭の周りには、狂犬と言われる補佐役もついてるんですよ。冴島さんって言ったかな。若頭の忠実な番犬と言われています。近づく者は誰でも噛み殺すから狂犬って渾名(あだな)が付いたそうですよ。六花さんくらい可愛かったら、殺されなくても花屋に売り飛ばされちまいますよ」

「え？　なんでお花屋さんに？」

六花が小首を傾げると、雅也は天を仰いだ。

「あ――、いえ、花屋ってその世界の隠語でフーゾクのことですよ。絶対に近づかないでくださいね」

「そうよ。六花ちゃん、ビルだけ見たらすぐに帰ってきなさい」

いつもは優しい蓉子ママにもきつく言われて六花は素直に頷いた。

それに雅也の話を聞いて、六花はその若頭がとうてい龍雅と同一人物とは思えなかった。

うん、きっと一目見たら別人だと分かる。六花は心の安寧を求めていた。

華ちゃんのパパが極道なんてありえないもの。

しかも龍雅が、姉を身籠らせたまま、生まれた陽菜を認知もしないで四年も放置したあげく、姉の訃報を聞いても責任も取らないような人だとは思えない。

――そうよ、龍雅はそんな人じゃない。それに彼の刺青だって……、たまたま偶然同じ図柄になっただけかもしれない。

そもそも龍雅は、どこかでそのデザインを見て、ファッションで彫ったのかもしれない。

だが、さすがにあの鮮やかな龍の彫り物は、おしゃれタトゥーとはいいがたい。

きっと何か理由があるはずだ。

「……行動あるのみよ」

少々危険が伴うが、今夜はビルの出入りを観察して、その若頭らしき人が龍雅本人か確かめる事が出来ればそれでいい。

それにここは繁華街。

人目もあるところで、さすがに一般人の自分をむやみに傷つけることはしないだろう。

なにより龍雅への疑念を晴らすためにも、自分のこの眼で確かめたい。

六花はさっそくコートを羽織り、雅也の地図を握りしめて夜の繁華街へ歩き出した。

教えてもらった蒼龍會らしきビルは、姉のクラブから歩いて十分程度のところにあった。周りは歓楽街から少し離れた静かな通り沿いにあるが、付近には飲食店やキャバクラ、ラブホテルが点在している。

お目当てのビルは七階建てぐらいのビルだが、黒い御影石のような外壁に覆われ重厚な作りだ。

窓にはスモークが張られている。しかも入口には防犯カメラが何台か設置されていて、どうみても怪しげなビルであるのは確かだ。

六花は少し離れたビルの影から、その入口を伺った。

今のところ、人の出入りは全くない。

三十分ほど待っていると、ビルの中からわらわらとコワモテの男たちが出てきた。みんな黒っぽいダーク系のスーツを着ている。

彼らがビルの前の道路沿いにずらりと一列に並ぶ。

いったい何が始まるのかと息を殺して観察していると、道路の奥から黒塗りの最新モデルのバンが近づいた。

ビルの正面に、三台ほどのデラックス仕様のバンが続けざまに横付けされた。

ＶＩＰでも出迎えるのだろうか。

六花は誰が降りてくるのか確かめようと、さらにそのビルに近づいてみる。

車が止まるとすぐに、一人の男が進み出て真ん中の車のドアを開けた。

「――っ！」

六花は息を呑んだ。

龍雅と同じくらい背が高く、サングラスをかけた男が、すっと車から降りてきた。前髪を後ろに流し、濃いグレーのスーツにブラックのシャツを着こなし、両手をポケットに無造作に突っ込んでいる。

靴はぴかぴかに黒光りしていて、裏の世界独特の雰囲気に気圧（けお）される。

まさに、ザ・ヤクザかイタリアマフィアっぽい出で立ちだ。

彼のすぐ後ろから、着物に毛皮のショールを巻いた妙齢の女性が後に続く。

出迎えの男たちも心なしか緊張しているようだ。その女性は、葡萄（えび）染めに総刺繍（ししゅう）の着物を凛（りん）と着こなし威厳がある。

どこかのクラブのママだろうか。

だが、肝心のその男はサングラスをしているため、顔がよく分からない。

でもその長身や体形は、龍雅とほぼ同じだ。

「若頭、姐（あね）さん、お待ちしておりましたっ！」

居並んだ男たちが一斉にサングラスの男と、優雅な着物を纏った威厳のある女性に向かって一斉に頭を下げた。

——きっとあの人が若頭なんだわ。

六花は考えるより先に、何かに突き動かされるように身体が動いていた。

今を逃がしては、もう会えないかもしれない。

後先も考えず、コワモテ集団に近づき後ろから声を張り上げた。

「あ、あの……、あの、待ってくださいっ！　若頭さん、お聞きしたいことがあって……」

「おいっ！　なんだ、ねーちゃん。いきなり不躾に声かけくさって。あ？　コラ」

回りに居並んだコワモテ集団が、一斉に六花を取り囲む。

あれほど釘を刺されていたのに、マズイと正気に返った時には、後の祭りだった。

「おいおい、ねーちゃん、誰に向かって声かけてんだ？　あ？」

「あ、あの……」

その中の一人がまるでガンをつけるように肩を揺すりながら近づいてきた。斜に構えて六花のことを上から下まで舐め回すように睨みつけてくる。

「――やめろ、放っておけ」

ドスの利いたバリトンボイスが響きわたる。

その一言で、六花を睨みつけた男がぱっと離れ、他のコワモテ集団たちも六花から一歩下がる。

一瞬、サングラス越しに、その男と目があった気がした。だがすぐに興味なさげにふいと顔を逸らされてしまう。

「つまらない子犬に構ってないで、行くぞ」

彼がつかつかとビルの入口に向かうと、コワモテたちも急いで後を追った。ビルのドアが閉まる前、あの着物を着た妙齢の女性が、男の耳元で何かを呟いた。ちらっと六花を振り返って、ほほと口元を緩めた気がした。

「あ……」

思いがけない展開に呆然とする。

あの人が、若頭……？

なんというかすごい迫力だった。たった一言発しただけで、極道たちを圧伏する。

極道についてはよく知らない六花でさえ、絶対的な声音に震えあがりそうなほど背筋が冷えた。

一般人とははっきりと境界線が違う世界にいる人だ。

生まれながら任侠の世界に生きる者が持つ、決して触れてはいけない独特のオーラがあった。

「は、はぁ――。怖かった……」

蓉子ママや雅也が知ったら、泡を吹きそうなことをしでかしてしまったかもしれない。

でも結局、あの若頭が龍雅本人なのかどうか分からずじまいだ。声も似ているような気もするし、似ていない気もする。

「大丈夫、きっと彼じゃない。龍雅さんじゃ、ない……」

あの人は全く別の人だ。

コワモテの極道をあんなに従えていて、綺麗な女性を後ろに従えているのは、龍雅さんなんかじゃ、ない。

なにより昨晩六花を抱いたばかりの男が、無視なんてする？

――お姉ちゃん。だから、私、龍雅さんを好きになってもいいよね？

六花は、空を見上げてみる。

真っ暗な空からは、なんの返事もなく、ただ身を切るような冷たい風が吹いてきた。

＊　＊　＊　＊　＊

「おはようございます。今日も華をよろしくお願いします」

翌日の月曜日の朝、保育園に子供を送りに来た龍雅はいつもどおり爽やかだった。紺色のスーツにライトブルーのシャツ。シックなレジメンタルタイを合わせ、どこからどう見てもいつもの眼福なイケメン要素たっぷりだ。

昨夜の若頭は前髪をオールバックにしてワイルドさが際立っていた。だが今朝の龍雅の髪型は、前髪を自然に下ろしたヘアスタイルで、清廉で理知的な印象だ。

もちろんあの若頭とは違って、感じ悪そうにポケットに手を突っ込んでもいないし、声だってドスの利いたバリトンボイスでもない。

やっぱり人違いだと思いたい。

でも、彼の背中にはまごうことなき、応龍と牡丹の刺青があるのだ。

それについては、龍雅本人に確認するしか術（すべ）がない。でも、まさか今、保育園の玄関先で確認するわけにはいかない。

「お、おはよう……ございます」

六花は龍雅からちらりと視線を向けられて、ぱっと顔を逸らして俯いた。

彼とはあの蜜夜以降、初めて顔を合わせる。気まずさよりも、恥ずかしさが先に立った。

私、本当に龍雅さんに抱かれたんだ……。

彼の唇や男らしい喉ぼとけの起伏を目の当たりにし、足の付け根がきゅんっと莫迦みたいに反応する。

どれだけ自分は男性に免疫がないのだろう。

いいえ、園に送りに来る他のパパさん達にはこうならないもの。

龍雅が傍にいるだけで、内側（ナカ）からとろんと愛液が潤み、思わず足をぎゅっと擦り合わせた。

龍雅限定の敏感体質は流石に厄介（やっかい）だ。

まるでパブロフの犬のように反応してしまう。そんな自分にほとほと呆れ果てる。

さらに始末の悪いことに、体の奥深くに挿入された、みっしりと重たい肉の塊の感触が蘇り、ひくんと蜜壁が収斂（しゅうれん）した。

「――んっ」

思わず声が漏れてしまう。

男性に抱かれると、たった一晩で女の身体はこうも変わるものなのだろうか。

心も身体も曝け出し、濃蜜に交わった痕跡を身体が忘れられないでいる。忘れられないどころか、厚かましくも、秘奥が熱を帯びて彼を求めている……。

――だめ、だめ。今は勤務中よ。

六花はわざとらしく咳払いをして、生々しく浮かび上がる夜の記憶の数々を、なんとか心の奥に押し戻す。

他の保育士や親御さんに気づかれないよう、動揺した素振りを見せてはいけない。

「りっかせんせい、おはよ～。ひなちゃんいる？」

「あ、華ちゃんおはよう。陽菜はホールにいるよ」

「わぁい。パパ、じゃあね！」

龍雅は華ちゃんが元気よく保育園の中に入るのを見届け、目の前の六花ではなく、他の保育士に愛想よく園バッグを預ける。すると六花には特に何も言わず、先日の夜のことも触れずに車に乗り込もうとする。

――え……どうして？　避けられている？

そんな龍雅を思わず追いかけた。

自分から逃げたのに、彼に嫌われたくないと思う自分がいる。

「あ、あの、篁さん、一昨日はありがとうございました。助けていただいたのに黙って家を出てしまってすみません……。あの、車も移動してくださって助かりました」

もちろん危うく遭難しかけたところを救ってくれたお礼と、陽菜を連れてペントハウスを出ることについて、書置きや彼のスマートフォンにメッセージを残しておいたとはいえ、きちんと自分の口から伝えなければ失礼だろう。

でも、そんなことは口実で、六花は龍雅と話したかった。

すると龍雅は、振り返りもせず車に乗り込んでからウィンドウを開けた。

「──起きたら二人がいなかったのには驚いたよ。華もがっかりしていたし」

「す、すみません。あの、家が……その、寒さで水道が凍らないかとか色々気になって……。だから、その……急いで帰らないといけなくて」

「──そう、なら仕方がないね。それに君があれを見て怖気づく気持ちもわかるから」

「え……？　あの、それって……」

「だから僕からはもう君に近づかない。あとは君しだいだよ」

「それはどういう……？」

「言葉どおりの意味。……じゃ」

ヴォンとアクセルを踏んで、意味深な言葉を残して走り去っていく。

六花はぽかんとしたまま取り残された。

あれを見て怖気づく……？

彼が言っていたのは、背中の刺青のこと？

──やはり昨夜の極道の若頭と同一人物なの？

心臓が奇妙なほど、不規則におかしな鼓動を刻みはじめる。

私はとんでもない人と、一夜を共にしてしまったの？

――もう、あのビルには行かないと決めたけど……。

やっぱり、確かめたい。昨夜見たあの若頭に会って話をして、直接、彼に確認したい。

そうしないと、なにもかもが前に進めない気がした。


その夜、六花は一人でまた繁華街へと向かった。

もちろん蓉子ママや雅也には内緒だった。用事があるからといって、陽菜をクラブの託児所に預けてから、一人であのビルへと向かう。

今日はコワモテ集団もおらず、ビルの前は閑散としていた。

正面入口には黒光りする鉄扉でできた頑丈そうな自動ドアがあり、インターホンさえもない。こちらを伺うような監視カメラだけだった。やはり怪しげな雰囲気がある。

六花はこのビルの近くで、あの若頭が出て来るのを待つことにした。

じっとしていると冷えて寒いため、ビルの周辺を行ったり来たりしていると、酔っぱらったガラの悪そうな若い男三人が近づいてきた。

「おねーさん、可愛い。一人？　暇そうにしてるなら、一緒に飲も？」

「いえ、あの、結構です。人を待っているので」

「え？　なになに、彼氏？　待ちぼうけにさせるなんて酷いじゃん。じゃあさ、彼氏が来るまで飲もうよ」

「いいえ、困ります……」

だが三人のうちの一人に腕を掴まれてしまう。

「ほら、おいでよ！」

「や、ちょっと、あの、やめてっ……。人を待ってるからっ」

「うわっ、手、ちっちゃ〜い。すげー俺の好み。おねーさん、身体のわりに胸、大きいね」

「腰、ほっそ！」

酔った勢いなのか、三人組が六花の肩や腰を抱いたり、背後から覆いかぶさって腰を卑猥に押し付けてくる。あまつさえ、胸も触られた。

六花は怖くなった。本当にいやなのに、掴んだ腕を放してくれない。

男三人は、いやがる六花を強引に近くのバーに連れて行こうとする。

「ちょっとだけだからさ。飲むのが嫌ならカラオケ行こっ」

「お、いいね。彼氏にメッセ送ったらいいじゃん。来るのが遅いから俺らとカラオケに行くって」

酒とたばこ臭い息が吹きかかり、気持ちが悪くなる。

掴まれた手を振りほどこうとすると、思いのほか手首をきつく握られて痛さに顔を歪めた。

「ほらほら、俺ら三人で楽しいことしてあげるからさ。行こ」

「このまま、抱っこしてラブホ連れて行っちゃうか？　４Pもいいじゃん」

「つか、お前ゴム持ってる？」

「いーじゃん、ナマハメで」

男たちはわいわいと勝手に盛り上がっている。

テンションが尋常じゃない。おかしなクスリでもやっているのだろうか。

だが、抵抗もむなしく後ろから羽交い絞めにされて、六花は恐怖に包まれ「いやぁっ」と叫び声をあげた。

もう一人の男が「マジでそそるわ」と言いながら、六花の両脚を持ち上げようとする。

「そこ、安いラブホあるぞ」

「やだ、いやぁ、やめてっ！」

その時だった。

蒼龍會のビルに動きがあった。

一台の黒塗りの車が横付けされると、ビルの鉄扉がスッと開いて、四人のいかつい男たちが周りを確認するように出てきた。

そのすぐ後に、昨夜のサングラスに前髪をオールバックに流した若頭が、側近と共にビルから速足で出てくる。

若頭らしく胸を聳（そび）え、スーツの上には黒革のコートを肩に羽織っていた。

すると側近の一人が、六花のほうに気が付いたらしい。

「あの女、昨日、若に声を掛けてきた女では？　チンピラどもに絡まれて……」

若頭らしき男がぱっとその方を振り向く。視界の先には若い女が一人、男三人に囲まれていた。

しかも後ろから羽交い絞めにされ、足を掴まれ掬い上げられそうになっている。

「――のヤロウ……！」

若と呼ばれた男は、コートを投げ捨て、道路のフェンスを飛び越えて豹のように素早く駆け出していた。

突然の若頭の行動に、ボディガードらしき四人の集団が慌てて後を追う。

「おい、そこの。汚い手を離せ」

六花の足を掴んで持ち上げようとした男を後ろから豪快な蹴りを入れ路上に叩きつけた。

「この野郎！　なにするんだ、おいっ」

もう一人の男が掴みかかろうとする。これも片手をさっと上げた瞬間、その男が顔面を抑えてうめき声をあげながら地面に崩れ落ちた。

「――お兄さん達、俺の女（イロ）に何してんの？」

六花を羽交い絞めにしている男の眼前で、自分のサングラスをひょいと持ち上げ、悪魔のような笑みを見せる。

蛇のような邪悪な声音に、その男がひっと声をあげ、六花からぱっと手を放す。

すると若頭が倒れそうになった六花の腰を引き寄せ、胸の中に抱きこんだ。

——龍雅、さん……？

背中に回された腕に、優しく力が籠った気がした。しかも目の前の男からは、龍雅と同じような匂いがふわりと漂い、心がのぼせあがる。

——この人、ヤクザなのに。

それなのに、なぜだか安心してその胸に顔を埋めてしまう。

「おいおい、可哀そうに。この子がショックを受けてるんだけど、慰謝料くれや」

若頭がにやっと嗤う。するとチンピラ風の若い男は、顔面蒼白でへたりこんだ。どう見ても目の前には、堅気じゃないそっち系の男。

眼前の男の背後には、殺気立ち強健なガタイに派手なスーツを着込んだ、いかにもヤバそうな男たちが数人控えている。

「ち、ちがいます。俺ら、まだなにも……。暇だったから、その子と彼氏が来るまで一緒にカラオケでも行こうと」

「じゃぁ、彼氏としてお礼をしないとな。おい、こいつらにたっぷり礼をしておけ」

すぐにボディガードの一人らしきスキンヘッドの男が、その若い男三人組の前にしゃがみ込んだ。

「おにーさんたち、暇ならワシらと遊ぼうか。歌声聞かせてや」

白のスーツにヤンキー座り、首元にはゴールドのチェーンネックレスをした男が、今にも死にそうな虫をいたぶって愉しむような眼であざ笑う。

「あんたら、いったい……？　まさか……」

「ああ、これ、分かる？　赤椿の代紋（カンバン）」

スキンヘッドの男がスーツの襟章を若い男に見せつけた。

「あれ、ビビっちゃって。この代紋（カンバン）知ってる？　蒼龍會ね。おにーさんたち、うちの若頭（カシラ）の女（イロ）にちょっかいだすとは、いい度胸してんなぁ」

「ち、違いますっ、た、助けてっ……」

「違わねーだろ、スカートまくろうとしてたじゃねえかっ。こいやっ」

ほかの三人の男も加わって、その若い男たちを強引に裏小路に連れて行った。

「大丈夫か？」

六花を抱いたまま、オールバックの男が心配そうに見下ろした。

今日も彼はサングラスをしているが、やはり顔立ちは龍雅に酷似している。すっと通った鼻梁。浅黒く一文字に引かれた眉。野性的だが、眉目秀麗な顔立ちだ。

「あなたは龍雅さんなの……？」

震えそうな声を絞り出す。確認するように見上げると、男が端正な顔を曇らせ六花を睨みつけた。

「このバカヤロウ！　ったく、一人でこんなところをうろちょろして……」

保育園の龍雅とは、声音も雰囲気も全く違う。

違う人であってほしい。でも、陽菜のためにもちゃんと確認したい。

「わ、私……どうしても確かめたくて。あなたは龍雅さんなの……？」

「さぁどうかな？」

　男が揶揄うようにニヤリと笑う。

　真剣に聞いているのに、面白がって真面目に取り合ってくれない。六花は彼の瞳をキッと睨んだ。

「やっぱりいいです。私の知っている龍雅さんはヤクザなんかじゃない。職業だってまっとうなお仕事だもの」

「へぇ。どうかな？　今どきのヤクザは、表ではフロント企業を経営してるんだぜ。色々とヤクザには生きづらい世の中でね。今は正業を持っているヤクザも多い。例えば、ＩＴ企業、金融、投資、不動産、飲食業とかね」

　思いがけないことを指摘されて、六花は言葉に詰まる。

　龍雅さんもＩＴ企業の社長だからだ。

「うそ……ッ、じゃあ、龍雅さんは……」

「そんなに知りたければ、自分で確認するんだな」

「か、確認ってどうやって？」

「さぁ、どうするかな……」

　不穏な空気を感じて六花が男からぱっと離れようとした。だが、背に添えられていた腕にさっきとは違う力がぐっと込められた。

押し戻された反動で、龍雅の硬い胸に密着させられる。

「きゃっ」

「おっと、ヤクザが人助けして何の代償もなく逃がすと思うか？」

嘲るような笑みを向けられ、その男に顔を覗き込まれた。謝礼を払うべきなのかと戸惑っていると、ふいに頤（オトガイ）を掬（すく）い上げられ唇を奪われた。

「うっ、んぅ……っ」

返事をする隙も与えられず、唇を強く擦りつけられ舌で卑猥になぞられる。

どういうわけか嫌悪よりも、背筋に甘ったるい痺れが走り抜けた。

胸の奥が疼いてぞわぞわする。

この人はどこもかしこも硬い体躯なのに、そこだけ柔らかだった。

「や、やめっ……、んっ」

男は六花の言葉を封じるように強く押し付けてくる。

予期せぬ甘い痺れに包まれて、正気までも封じ込められそうになった。

強引に唇を重ね合わされているのに、鼻から抜けるような甘い声が漏れる。まるで龍雅との口づけのように。

「んふぁ……っ」

「――たく、未熟なくせに煽るな」

唇を唇で抉じ開けられ、舌が六花の口内に入り込む。喰うというより、しゃぶられるようなキスに、腑抜けたように足から力が抜けていく。

崩れ落ちそうな一歩手前で、唐突に体が宙に浮く――、と思ったら、視界が反転して目の前が地面になった。

「ひゃぁっ……！」

「冴島、予定変更だ」

龍雅は六花の身体を折るようにして肩に担ぎ上げた。

冴島と呼ばれた男は目を丸くしたものの、すぐにその考えを説き伏せるように言う。

「――若。今夜は筆頭顧問の宴席で」

「ヤボ用が出来たとでも言っておけ」

若頭が冴島の前を素通りし、あの怪しげなビルのドアを指紋認証で開錠する。

「まって、どこに連れて行くの？」

「その目で確かめるといい、俺がお前の言っている龍雅かどうか」

「た、確かめるって、どうやって？」

「そんなの決まってる。カラダの相性で確かめれば分かるだろ」

「――っ、い、いやっ、下ろしてっ」

この男はなんということを言うのだろう。

自分は龍雅を見誤っていた。こんな人があの優しい龍雅さんの訳がない。

似ても似つかないではないか。

肩に担ぎあげられ六花は、脚をバタバタさせてなんとか降りようとした。

すると男に、お仕置きのようにパンッとお尻を小気味よい手つきで叩かれる。

「きゃんッ」

「落ちるぞ。大人しくしてろ」

――と言われても、自分はヤクザの事務所ビルの中に連れ込まれたのだ。普通だったら逃げるだろう。

――そうだ、コートのポケットにスマホがある。

だが頭を下に向けているせいで、なんとかポケットを探りあてるも、スマートフォンがゴロンと床に落ちてしまう。

「――あっ。スマホがっ」

「あとで拾っておいてやる」

――そうじゃない。

今、警察に助けを呼びたいのだ。

ビルの中は広くて明るかった。だが、ガラの悪そうな男たちが大勢いた。異様な二人を見て目を見開き、あんぐりと口を開けている。だが、この男が前を通り過ぎると、皆、さっと廊下の端に寄って気を付けをして頭を下げる。

とうとう、どこなのか分からない薄暗い部屋に連れ込まれた。

黒い革張りの広いソファーの上に、ぽんと放り投げられる。

「きゃぁっ」

乱暴なことこの上ない。

それでも六花はすぐに起き上がり、目の前のテーブルの上にあった中身の入ったブランデーグラスを男に浴びせかけ、逃げようとした。

「おい、こらぁ……、女っ。いい気になるなよ」

この男を追いかけるように、さきほど冴島と呼ばれた男が入ってきた。昨日も今日も、このサングラスの男にぴったりと張り付いていた人だ。

その冴島がドスの利いた声をあげる。

六花は殴られると思って身をすくませた。するとサングラスの男がさっと手をあげて制止する。

「冴島。お前は出てろ。冴島を追い払うようにシッシッと手を振っている。

「お願い。わ、私も帰らせて下さい。俺が許可するまで誰もこの部屋に入れるな」

「だめだ。ここがどこか分かってるのか。助けていただいたお礼はちゃんとしますから」

「そんなの分かってます」ヤクザの組事務所だぞ」

「だったらどれだけヤバい所か分かってんだろ？　さっき表でお前たちが騒ぎを起こしただろう。お前の顔が割れるのも時間の問題だ」

「——どういうことですか？」

「いいか、このビルはもちろんマル暴の監視リストの上位に入っているし、他の組にも逐

一、動きが伝わるんだ。つまり俺が特定の女を助けたと分かったら、すぐに素性が割れる」
サングラスの男が苦虫を嚙みつぶしたような声を出した。

――やっぱり、こんな人が龍雅さんの訳がない。

「大丈夫です。もう、ここには来ませんから――きゃっ」

六花が出口に向かおうとすると、その男にいとも簡単にソファーに押し倒されてしまう。

「確かめなくていいのか？」

目の前の男から異様な雰囲気が漂った。

怒っているようでいて、情欲を孕ませているような。

彼は六花がブランデーを浴びせたせいで、濡れたスーツのジャケットとベストを脱ぎ捨てた。その下の黒いシャツをはだけると、みごとな裸身を晒す。

スーツ姿は細身なのにその体軀は硬く引き締まり、張りのある厚い胸に目を奪われた。

毎日鍛錬を欠かさずしているのだと分かるほど、腹筋は見事に六つに割れている。

ほの昏い中、彼の身体だけが妖艶なオーラを纏ったかのように浮かび上がった。

六花が言葉を失っていると、男がくるりと背を向け、掛けていたサングラスを床に放った。

まるで見返り美人図のように、男が背を向けたまま振り返る。

六花はその姿に瞠目（どうもく）する。息が止まりそうだった。

――あり得ない。嘘だ……。

「……まさか……、そんな……」

眼前の逞しい男の背中には、見事な昇り応龍と赤い牡丹の刺青が彫られている。彼はゆっくりとこちらに身体を向けた。

六花を鋭く見据えた切れ長の目元には、紛れもない泣きぼくろがあった。

「りゅ、龍雅さん……」

まさか本当に龍雅とこのヤクザの若頭が同一人物なの？

「どうした？　好きになった相手が極道なら、はい、さよならか？」

痛い所を突かれて言葉に詰まる。

――もちろん、ヤクザは怖い。彼らには一般人の常識が通用しないから。でも違う。六花が怖れているのは龍雅がヤクザだからという理由ではない。

彼が同じ刺青を背負った姉の恋人だったのではないか、ということだ。

「――図星だろう、六花センセイ。初めて抱いた朝、俺の背にある刺青を見た途端、慌てて逃げ出したもんなぁ。しかも写真まで隠し撮りして」

「な、し、知って――？」

「彫を見たぐらいで逃げる程度の気持ちなら、追うのはやめようと思ったが。舞い戻って来たからには、それ相応に扱わせてもらう」

六花は目を剝いて驚愕する。

寝姿を隠し撮りしたことも、慌てて逃げたことも、龍雅はなにもかもお見通しだったのだ。

　それなのに昨夜、このビルに来たときは無視され、今朝の保育園では冷たくされて……。

「今まで女の隣で裸で無防備に寝たことはなかったんだが、隠し撮りされたのは俺も不覚だった。だが、背中の彫を見た上でここに来たんなら、覚悟を決めてもらおうか？」

「——か、覚悟って……？」

「今朝、警告したはずだ。俺からは近づかない。あとはお前次第だと」

　——そんな意味があったなんて、知らない。分かるはずがない。

　眼前の龍雅は保育園での紳士な華ちゃんのパパから豹変し、どこからどう見ても、極道そのものだった。

「性懲りもなく、またヤクザの俺のところに来たということは、俺の身体が忘れられないんだろう？　今朝も保育園で俺を見ただけで腰をもじもじさせてたよなぁ？」

「——なっ⁉」

　き、気づかれていた⁉

　図星を突かれて、カァっと頬に熱が上る。

「六花センセイは、見た目は清純なのに身体はエロいよなぁ。感じると甘い女の匂いをプンプンさせてるし」

「——っ。龍雅さんのほうがエロいじゃないですかっ。ふ、ふしだらなことをしてくるし」

するとの龍雅が逆に問う。

「ふしだらって、どんなふうに？　試してみようか？　どこがどうエロいのか」

「だ、ダメですっ。私、龍雅さんにイロイロされると、理性が吹き飛んでおかしくなってしまうみたいなので……」

六花はそれ以上言えずに、きゅっと目を閉じて沸騰しそうな頬に手を当てた。

「……オマエ、本当に自覚がないのか？」

龍雅が端正な眉をしかめ、はぁっと溜息を漏らしながら彫刻のように美しい額に手を当てた。

「――？」

訳が分からず小首を傾げると、龍雅が六花に圧し掛かってきた。

「ひゃ、ちょっと待って。な、なにを……」

「追い返すには惜しい。やっぱり可愛すぎる」

ちゅっと湿った音を立て、龍雅が六花の唇に吸いついた。

瞬間、口から蕩けてしまいそうなほどの気持ち良さが広がっていく。

目を閉じているとくらくらと眩暈がした。

直後に龍雅の舌が六花の唇を割り開く。そのぬめった舌づかいが艶めかしい。まるで秘めた部分を割り開かれたように感じてしまい、身体中のあちこちが快感でぴくぴく蠢く。

「り、龍雅しゃぁん……」

これも敏感体質のなせる業なのか、龍雅が巧み過ぎるのか。

キスだけで理性が蕩けて、うっとりと陶酔してしまう。

「――ったく、ホントに弱すぎだろ」

非難めいている割には嬉し気に六花の舌を玩具のように弄ぶ。根元から掬いあげていとも簡単に絡めとった。

クチュ……、チュ、ピチャ……ッと舌が混ざりあういやらしい水音が響く。熱の籠った吐息に、どうしようもなく煽情的な気分に浸されていく。

背筋がじわじわ疼いてやるせない。その疼きが伝い降り、足の付け根の敏感な部分まで、じくじくと甘く疼いて堪らなくなる。

六花は我慢できずに腰をしならせ、解放を望むように龍雅にそこを擦りつけた。自分から龍雅の逞しい太腿に秘めやかな部分を擦りつけてはくねらせる。

「――ったく、キスだけなのに堪え性がないな」

すると下半身がすぅすぅした。

口づけに溺れている隙にストッキングを脱がされてしまったらしい。

――器用すぎる。

手慣れた様子にもやもやした感情を抱いたものの、ショーツの上からでも分かるほど、ぷっくり膨らんだ粒を指の腹でぎゅっと押し潰された。

ぷちゅっと蜜の弾ける音とともに、六花の理性も一瞬で吹き飛んでしまう。

「ひぃッ……、ひぃん……ッ」

身体の中央を電流のような気持ち良さが駆け抜け、目の前がホワイトアウトした。

ぶるぶると四肢を戦慄かせながら、牝馬のように嘶いてしまう。

「ちょっと押しただけなのに、やっぱり六花は快楽に弱い。キスだけでもぐっしょりだ」

嘲笑われたと思ったのに、龍雅を見上げると切れ長の目が熱を帯び、色気を増した極上の笑みを向けられた。

ヤクザなのにそんなに魅力的で艶めいた顔をしないでほしい。

もともと端正な顔立ちだけに、笑まれると心臓に杭を打ち付けられたようにどきんとときめいてしまう。

「六花のエゾヤマザクラをもっと濡れ濡れにさせたらどうなるかな」

龍雅が蜜の沁みたショーツのクロッチを横にずらした。

今日はぴったりとした小ぶりのショーツだったため、クロッチが喰い込み、媚肉がむにっと剥き出しになってしまう。

龍雅のざらついた指が、閉じたあわいの肉筋に沿って指をなぞりあげた。

「ここ。花びらからクリが飛び出ているのが分かるか？　ちっさくて尖ってて……ああ、可愛い。ずっと弄り倒したい」

つんと物欲しげに飛び出た淫芽の先端。それをつつきながらコリコリと可愛がられた。

六花はまたもや牝馬のように鼻息を荒くする。

「だ。駄目っ……、それ、やぁ……」

吐くだけで息がうまく吸えない。

いっそのことショーツを剝ぎ取り秘芯を丸ごと愛撫された方が早く楽になれる。

なのに龍雅は食い込んだショーツを履かせたまま、意地悪く先っぽだけを嬲って愉しんでいる。

これでは、イきたくてもイけない。わざとお預けを喰らわせているようだ。

六花は敏感な粒の先端しか可愛がってもらえず、腰をくねらせ悶え苦しむ。

あの夜のように媚肉をくぱりと割開き、花芯全体を口の中に含んで思いきり吸い上げて欲しい。

自分らしからぬ淫蕩な欲望に困惑しつつも、甘えたような啜り泣きをあげる。

「りゅ……がしゃんっ、ぁぁ……んっ、もっと、そこ、いっぱい拡げて……んッ」

「パンツ、邪魔か？」

六花は涙目でこくこくと頷いた。早くこの疼きを解放したい。苦しくて堪らない。

「よし、いい子にしてろ」

龍雅は六花の足首を片手で摑んでぐいっと持ち上げると、まるで桃の皮をむくように、お尻の方からショーツをずるりと剝いた。

ぷりんと丸みを帯びた尻肉まで、龍雅の眼前に晒される。

「ひぁんっ、ダメェ」

「ダメも何も、パンツきついんだろ？」

——そうだけど。そうじゃない。

そんな風に、はしたなく脱がせないでほしい。

龍雅がその尻肉の柔らかさを確かめるように、ちゅっと吸いついた。

「オマエ、どこもかしこも柔いな。ほら、しっかり自分で開いて持っておけ」

「ひぁ……んっ」

龍雅がM字に割り開いた膝頭を六花に握らせた。ここを持ってろと彼の手で誘導され、はしたなく開脚させられた。

この恥ずかしい体勢では、秘部はもちろんのこと、蜜口の下の窄まりまで晒してしまっている。

「六花の甘ったるい匂い、嫌いじゃない。むしろどろどろになるまで酔いたいほどだ」

はっと冷静に考えれば、自分は今日一日、保育園で働いてからここに来たのだ。シャワーも浴びていないしきっと汗臭いはず。

そんな汚い所を見せるなんてもってのほかだ。

六花は慌てて、開いた脚をぱっと閉じた。

「やっぱりダメ……！。私、シャワーも浴びていないですし、きっと汚いですから、このまま帰ります」

「おいおい、俺がお預け喰らってどうする。それに六花のエゾヤマザクラはいつ見ても無垢で綺麗だぞ。ほんのり朱がさしたような極上のピンク色だな。ほら、舐めて気持ち良くしてやるからもう一度開いていろ」

——ああ、快楽に染まった頭はなんて単細胞なのだろう。

快楽を仄めかす眼差しに屈服し、自分から膝頭を握って脚を開いてしまう。

顔を横に向けて羞恥に耐えかねる。するとさらに大きく左右に割り拡げられ、潤む秘裂をじっとりと見つめられた。

「糸まで引いて、いい具合にとろとろだな」

「やっ、見ないで……」

「見ないと、ココを可愛がれないだろ」

一昨日の夜、ふやけるほど六花に馴染ませた指で、蜜口をあやすようにクチュクチュと掻き混ぜた。すぐにこぽりと泉が湧くように蜜が溢れ出る。

なんで、龍雅さんにされるとこうなるの……？

彼の指先ひとつにさえ、甘く痺れて奥が感じてしまう。

「あんっ、あ……、あぁ、そこ……」

——気持ちいい。

指先をクイっと折り曲げて、甘い泣き所を擦られオクターブ高い喘ぎ声が漏れる。

龍雅は六花の気持ちいい所をすっかり習得したようだ。

やっぱり私はどうかしている。

ヤクザの事務所でこんなにも甘い啼き声をあげるなんて。

龍雅は念入りに指で蜜洞を蕩かせると、今度は湧き出たばかりの蜜を美味しそうにじゅじゅっと吸い上げた。

体液を吸い上げられることに、意識が遠のきそうなほどの甘い疼きに身を震わせる。

男にいやらしい恥部を晒し、本来は秘すべき部分を美味しそうにしゃぶられている。

卑猥なことを自分がさせている光景に目も当てられない。なのに、快楽という灯りが次々と灯(とも)っていくように、身体中が至福の悦楽に昇りつめていく。

「ここをぱっくり開いて舐めて欲しいんだろ?」

六花は意地悪な龍雅の言葉に、耳まで真っ赤に染めて顔を逸らした。

まさにそうしてほしいのは山々なのだが、自分から卑猥なお強請りが出来るはずもない。

「ダンマリか?」

龍雅はうっすらと微笑んで口角をあげると、指を器用に使って肉びらを大きく割り開いた。

「ほら、ご希望どおり御開帳だ」

冷たい空気に秘芯の根元までさらされて、ひぅっと息を呑んだ。

「やぁ――っ」

――何てことを言うの。

龍雅がわざと意地悪く揶揄った。

あまりの恥ずかしさに死んでしまいたい。それなのに秘めた部分を解放されただけ恍惚を得てしまい、一瞬、意識が天国に登りかけた。

性感に弱い体質は、どうしたら治るのだろう。

敏感で堪え性のなさに、自分でもどこかおかしいのではないかと思うくらいだ。

「六花のクリは小ぶりで可愛いな。思い切り虐め倒したい」

龍雅が長い指をチョキのようにして、剝き出しになった花芯を挟みこんだ。根元から左右に揺すり上げて、ふぅっと熱い息を吹きかける。

「やっ、そんな、そこだめっ、ダメェ……ッ」

六花の言葉などおかまいないに、ごつごつと節くれだった指で、粒の根元をキュ、キュッと挟んでは、ふるふるっと揺さぶりをかける。

はち切れそうなほど膨らんだ芽は、まるで泡を吹いたかように蜜汁を垂れ流す。六花も強烈な刺激に息も絶え絶えになり、唾液が溢れ口元から零れてしまう。

「はぁぁ……っ、あぁぁっ……、ひぅ、あぁ……ッ」

甘苦しいのに逃れられない。快楽が身体中の血管を畝るように流れていく。六花の五感全てをもみくちゃにして押し流す。

だがそれだけでは収まらなかった。

指が離れ、ようやく蜜芯を解放したと思った矢先、龍雅の舌が追い打ちをかけてきた。

ぬらりとした熱をもった舌が、六花の肉びらを溶かすように這う。

縦筋に沿って、念入りに襞の根元を穿るように舐めなぞっていく。

六花は尻をぶるぶると震わせ、ざらついた舌から与えられる快楽を逃がそうとした。

——もうだめ、それだめっ。

助けを求めるように声にならない悲鳴をあげた。

得体のしれない生き物のように舌が這いまわる感触に、無我夢中でいやいやと髪を左右に振り乱す。熱い舌が蜜の沼地をぬるりぬるりと這いまわるたび、限界を試されているような心地になる。

息があがり、焦燥感が半端ない。

このままではぎりぎり快楽に堪えている琴線がこと切れてしまう。そうなったら身も心も龍雅なしではいられなくなってしまいそうだ。

なのに龍雅は情け容赦なく、小ぶりの蜜芯に大きな口全体で覆い被さった。粒をすっぽり覆って根元ごと唇で包み込む。

舌であやしながら、クリュクリュと弄んだ。

「ひっ、ひぁあ……ッ、も、だめぇ……ッ」

龍雅が確信犯のような嗤(わら)いを漏らした。

膨れきった蜜芯を喉奥に引き摺り込むようにずずっと吸引したのだ。

あり得ないほどのキツイ吸い上げに、腰までもくぅんと浮き上がる。

目の前で閃光がチカチカと弾け飛んだ。

「ひぃッ、イっちゃ——ッ……ッ」

その瞬間、六花は弓のように身体を仰け反らせて悲鳴を迸らせた。

愛蜜をとめどなく滴らせ、蜜口までもヒクヒクと痙攣したようにすすり啼いている。

「可愛い。下のクチも中でイきたがっているようだな」

低俗で卑猥な言葉も、龍雅から言われるとゾクゾクしてしまう。

彼が半身を起こして、太腿を抱え直す。

放心している六花の腰を持ち上げ、自身の剛直の根元を摑む。亀頭はガチガチに膨れ、深いエラを刻んでいる。

欲望の色に染まったグロテスクな先端を蜜口に押し当て、底なし沼のような秘壺にのみ込ませた。

入口はとろとろで柔らかく解れていたが、処女を失ったとはいえ、まだまだ蜜屈は未熟だった。

龍雅はみっしりと詰まった巨大な質量の陰茎を、めり込むように咥え込ませる。

「あ、あぁ……っ、や、それむりぃ……んぁっ」

「まかせておけ」

六花が苦しげな声をあげると、いい子だとあやすように肉棒を前後に揺すりつけた。己の下半身で女を飼いならすような、卑猥な腰の動きだ。

堪らないほどの気持ち良さに、蜜壁も龍雅を離すまいと、きゅっうんっと窄まった。

「――ったく、気を抜くとこれだ」

「はぁぁんっ……」

ぐぷっと音を立てて、龍雅の極太の肉塊が根元までひと息に沈み込んできた。ごりっと音がしそうなほど深く、互いの性器がぴったりと密着する。

ずっしりとした重い熱に、蜜壺がはち切れんばかりに満たされた。

「狭いソファーじゃヤりにくいな」

龍雅が繋がったまままいきなり六花を抱き上げる。その拍子に、熱杭がさらに深く子宮口をグリリと押し上げた。

「やっ、抜いっ、あぁぁぁぁッ――……ん」

六花は龍雅にしがみ付いたまま身体を強張らせて極めてしまう。

膝裏を抱え上げられ、落とされないよう両手も彼の首に撒きついたままだ。

手足の自由を失った無防備な体位で、唐突に秘奥をグイっと抉られればたまったものではない。

その衝撃に、六花は爪先をぴんと突っ張らせたまま、ビクビクっと痙攣する。

「はぁ……、あぁっ……」

「っ、吸いつきすぎ」

男の色香を漂わせた喉ぼとけが、ごくりと上下した。

「――はぁ……っ、ちょっと待て。すぐにまた可愛がってやる」

龍雅の余裕なさげな掠れ声が、六花の鼓膜を震わせた。

柔らかな肢体を軽々と抱きかかえ、六花を串刺しにしたまま歩き出す。

ソファーの向かいに置かれている紫檀(したん)の重厚な机に連れて行かれた。すると何を思ったのか、机上に飾られていたクリスタルの置物や、年代物らしきブランデーの瓶の数々を片手で強引になぎ倒した。

ガシャンガシャンと大きな音がして置物やブランデーの瓶が床の上で粉々になる。ヴィンテージものと思われる琥珀色の液体が、トクトクと流れ出た。だが龍雅は気にも留めずに、六花を机に腰かけさせた。

「――はッ、こっちのほうが思う存分にオマエを可愛がれる」

言いながら性急に陰茎を引き抜き、押し戻す。ずちゅずちゅと湿った蜜音を立て、熱の塊を抜き差しさせた。

「見てみろ。六花の下のクチが俺の陰茎を美味そうに呑み込んでいる」

ずずっと引き出された太い肉竿は、とろとろと溢れんばかりの蜜汁で濡れ光っていた。

幹には男らしい脈が走って獰猛なことこの上ない。

龍雅はいったん陰茎を引き抜くと、六花に見せつけるように淫唇を幹で扱きあげる。

ヒトの身体がこんなにも硬くなるのかと思うほどガチガチだ。

だが淫猥なそれは、眼前の龍雅のように熱い欲望を剝き出しにしていた。

六花の性器とは全く違う、硬く締まった男性器を柔らかな花弁に擦りつける。

まるで相反するお互いを求めて、愛撫しあっているようだ。

六花はもっと擦りつけて欲しくて、甘えたように喘ぐ。

――龍雅が好き。彼がヤクザでも構わない。

もっと欲しい。もっと私をぐずぐずに龍雅自身で蕩かせてほしい。

「りゅうがさん……ッ」

「そんなに締めつけて俺のイチモツが気に入ったか？」

再び亀頭が生き物のように子宮口を目指して肉壁に沈んでいく。肉茎はずんぐりしておらず、弓のように反り上がる様は、雌に快楽をもたらすためだけに形作られたよう。その造形は六花の未熟な蜜屈を容赦なく犯していく。

欲を含んでずっしりと漲った肉塊は、切っ先で濡れ襞を掻き分け、満足のいく場所を見つけると、剛直の芯で余すところなく極上の肉襞を堪能した。

「う……ッ、ナマはヤバいな。六花は中も外も気持ちがいい」

その言葉でまたしても、龍雅が避妊をしていないことに気が付いた。だが抗議する間もなく、何度も蜜壺に熱棒を深く沈ませ、六花を揺すりあげてきた。

「ひぅんっ、んっ、んぅ……ッ」

太い陰茎に圧迫され、お腹中がじんじんと甘苦しい熱でいっぱいになる。とまらない悦楽に心も身体も屈してしまう。

「は……っ、六花とのセックス。おかしくなりそう」

龍雅は六花の膝裏をさらにぐいと持ちあげ、筋肉で盛り上がるしなやかな己の肩口にかけさせた。

　まるでもう容赦しないと言わんばかりだ。

　吐精を兆す獰猛な双眸にじくりと射抜かれる。龍雅の瞳は、視線だけで雌を服従させるような、ゆるぎない光を帯びていた。

「おっぱいも可愛がらないとな」

　まるで己の所有物のように、六花のブラウスを両脇に引きちぎり、ブラのカップを押し上げた。

「六花のいやらしい身体、好きだよ」

　剝かれたたわわな乳房の弾力を確かめるようにわし摑んだ。

　とろとろに蕩けた蜜壺を太い肉芯で掻き回し、胸の膨らみを余すところなく揉みしだかれる。

　この身体の全てが、自分の玩具だと言わんばかりに、好きなように突いて、乳房をもみくちゃにする。

　六花は自分の全てが、龍雅に支配された気分になった。

「あっ……、あぁっ、んはぁッ……」

　気持ち良さに喉を仰け反らせると、ふと見上げた天井は鏡張りだった。

　龍雅の背中の彫が汗で濡れ艶めいている。

　引き締まった腰を打ち付けるたびに背中の応龍が、まるで空を泳ぐように妖しく蠢く。

怖いのに、恋しい男の凄艶な姿に魅せられる。

姉も今の自分のように龍が泳ぐ姿を目の当たりにしたのだろうか？

——あなたは姉の恋人だったの？

そう問いたくてもできない自分がいる。

ここには龍雅が姉の恋人だったのか、確かめるために来たのにおかしなことだ。その答えを聞けばば、そこで二人の関係は終わってしまうかもしれない。それが怖い。

ひとえに龍雅を好きな気持ちが止められないからだ。

六花は龍雅の香りをもっと感じたくて、その引き締まった肉体に縋りついた。

男らしい首筋に汗ばんだ肌の匂い。柔らかな躰に密着した熱い体温。

彼がこの世界で唯一の特別なもののように感じて、膣肉がきゅうっと締まる。

「何を考えてる？」

うん？　と額に汗を浮かべた端正な顔で覗かれ、不覚にもときめいてしまう。

六花がぽっと頬を赤らめると、龍雅は甘い笑みをもらす。

切れ長の目元の泣きぼくろがとてもセクシーだ。

極道なのに顔面偏差値が高すぎです……！

六花は心も躰もきゅうんと甘く引き攣れ、涙目になった。

「どうしてそう、お前は俺を煽るんだか……」

煽っているのは龍雅の方なのに。

不意打ちの笑み、目を艶っぽく細める仕草、男らしい匂い。

そのすべてが六花を陥落させていることに気づいているのだろうか。

「エロいキスがしたくなる」

「ふぁっ……ぁ、ンッ」

龍雅がご馳走にしゃぶりつくように、六花の唇を吸い上げ、舌で口内をまさぐってくる。

唾液が溶け合うと、もう何も考えることが出来ずに、自分を可愛がる龍雅の熱い舌に身を任せた。

繰り返し口を甘く吸われ、双丘を掬い上げるように揉みしだかれ、小石のように勃ちあがった蕾をコリコリと捏ねられて耐えがたい快感に背筋がしなる。

――気持ちよくてどうにかなりそう。

口と胸の愛撫に、快感が甘い渦を巻いて六花の身体の隅々を満たしていく。

だが、それだけで終わらなかった。

「俺以外の男の味を覚えるなよ」

龍雅は濡れそぼつ蜜奥や蜜壁に、マーキングするように満遍なく陰茎をこすりつけた。

己の形を馴染ませるように、長い竿を巧みに駆使し、腰を回しながら執拗に律動を刻む。

蕩ける蜜壺をこれでもかと甘苦しく責められる。

たっぷりしたストロークで何度も打ち付けられたせいで、幹を這う脈筋さえも感じられるほど、蜜壁がきゅぅぅっと龍雅の肉芯を喰い締めた。

「う――……ッ」

切羽詰まった掠れ声に、彼が射精寸前で堪えているのが分かる。

「悪い子だ。思い切りしゃぶられた」

龍雅がふっ――と息を吐き、乱れた前髪をかき上げた。

臈闌ける、という言葉がぴったりの悩まし気な仕草に、六花は目を見開いてその姿を目の奥に焼き付けた。

感動を超えて、激レアな龍雅の姿に心が打ち震える。

保育園では、誰もこんな龍雅の姿を見たことがないはずだ。

セクシーで素敵すぎる……。

龍雅の全てが好きすぎて、もういつ死んでもいい。

六花が龍雅の残像にさえ感涙を極めていると、もっとせがんでいるのかと勘違いされる。

「途中でやめてごめんな。イきそうになった。もっとたっぷり掻き混ぜて欲しかったか？」

「え？　や、ちがッ……んっ、んっ、あぁ――っ、……んっ」

途端に雄の本気モードに突入する。集中すると無口になるようだ。

ぐいと腰を摑まれ、ヌチュヌチュと存分に腰を振りたくり、六花の蜜壺を縦横無尽に掻き混ぜる。

太茎の根元を回し挿れるように突かれ、引き抜くたびに亀頭のエラで蜜襞を穿くり返される。なのに蜜洞が龍雅の剛直を美味しそうにしゃぶり返しているではないか。

「あひっ……ひぁ、あぁあんっ……」

　脳が隅々まで悦楽で満たされ、蕩けて液体になってしまいそうだ。

　ズンっと子宮口の泣き所をひときわ大きく突かれ、大きく張ったエラで押し上げられた。まるでヤクザの龍雅が六花の心の中にまで、無遠慮に押し入ってきたかのように。

　でも、いやじゃない。彼の全てを受けいれ愛したい。

　ヤクザであっても無くても、六花は龍雅に惚れてしまっている。

　姉と同じ人を好きになったのかもしれない。たとえ姉が愛した人でも、好きな気持ちは後戻りできない。

「俺に惚れたか？」

　そう問われて、六花は涙混じりに「好き」と呟きながら頷いた。すると龍雅の熱がますます硬く大きさを増す。

「ひぁ、おっきくなって……」

「お前が可愛いことを言うからだ」

　ずぐ、と太竿で満たされると、溜まりに溜まった六花の悦が弾け飛んだ。腰がびくびくと戦慄き、尿意に似た透明な蜜汁を吹き零した。

「ひ、ぁ、ぁ……、イっちゃ……んっ」

「ほら、もっとイけ……！」

　蜜襞に食いこむほど肉棒で嬲られる。六花は濃厚な官能の放悦に、だらしなく脚を開いたまま、涙と涎を零して意識を混濁させた。

――なにこれ、キモチいいよぉ……。

六花は快感に戦慄き、龍雅の肉棒をこれでもかとぎゅっと引き絞った。

龍雅は腰骨から噴出しそうなほどの射精感が湧きあがった途端、身が引きちぎられそうな勢いで己の肉竿を甘美な楽園から引き抜いた。

「――っく、俺もヤバイぃ。射精るっ」

甘い疼痛に身悶え、屹立がどくんどくんと大きく揺れる。ビュ、ビュ、ビューッと弧を描いて精が迸り、あまりの気持ちよさに呻きを漏らした。

またもや六花の薄い腹やたわわな乳房の上に、熱い飛沫を浴びせかけてしまう。

ハ、ハッと荒く息を吐き出し、吐精の波を少しでも宥めようとしたが、肉棒は極みに達した余韻でまだビクビクと上下に揺れている。

射精を終えてもなお、反り返ったまま。

――クソ。まだスラックスの中に納められそうにない。全く萎える気配がない。こんなに切羽詰まって射精するなんて、いつぶりのことだろう。

惚れた弱みなのか、六花が可愛すぎてすぐに抱かないと狂い死にしそうなほどだった。

薄膜越しでも構わない。

六花の中で彼女にぎゅうぎゅうに絞られたまま、本懐を遂げたかった。

龍雅は白濁を垂れこぼす肉棒を恨めしく睨んだ。

大人の男として、ゴムを持ちあわせていなかったことをこの時ほど、後悔したことはなかった。

＊　＊　＊　＊　＊

「六花、大丈夫か？」

ぐったり横たわる目の前の愛しい女に声をかけたが、深イキしたのか、意識がトんでしまったらしい。

まだ未熟な六花を強引にこんな組事務所で抱いたことを後悔する。眠っている彼女の肢体には、己が撒き散らした生々しい白濁がまだ熱を放ち、精の匂いが立ちこめていた。

六花を自分の匂いでマーキングしたかのようで、背徳的な嬉しさが込み上げる。

腕時計を見ると、夜の十時を過ぎていた。

このまま彼女をひとりで帰すわけには行かない。

龍雅は落ちていた自分のシャツで、六花の柔らかな皮膚を拭う。本来は自分もこんな風に排除されるべき存在なんだという思いが掠め、端正な顔を顰めた。

脱ぎ捨てたジャケットを拾いあげて六花をすっぽり包むと、革張りのソファーにそっと横たえる。

龍雅は上半身裸のまま、六花の向かいに腰をかけて脚を組んだ。

ずっと禁煙をしていたが、心と漲る性欲を落ち着かせるために、応接テーブルの上に置かれていた煙草に火を点け、ふぅっと白い煙を吐く。

これほど目の前の女が愛しくなるとは思わなかった。

六花と初めて出会ったのは、一年ほど前に華を保育園に入園させたときだ。

入園手続きの対応をしたのが六花だった。

不安そうな華に優しい声をかけ、親身で細やかな気遣いと、その明るい笑顔で園にすんなり溶け込ませてくれた。

園に入った華は、毎日、嬉しそうに六花と陽菜ちゃんの話ばかりしていた。

いつの間にか、龍雅も六花の話を聞くことが、毎日の楽しみになっていた。

「六花先生が玉ねぎを食べると可愛くなるって言ったから、頑張って食べる！」と嫌いな玉ねぎも残さず食べるようになった。

しかも六花は毎日、口頭で重要な連絡事項をきちんと伝えてくれる。

明日はお弁当デーです。水筒も忘れないでくださいねとか、明後日は遠くの公園に歩き歩き遠足に行きます。肌寒いので、脱ぎ着できる上着を必ず持ってきてくださいねとか、龍雅がシングルであることを気遣ってか、細やかに配慮してくれる。

六花を見ていると、こんな奥さんだったら全力で可愛がるのに、なぜ旦那は陽菜ちゃんという可愛い子供を彼女一人に押し付けて離婚したんだろうと、もやもやした。

華の母親も同じだ。彼女はモデルだった。芸能関係と関わりのある系列の組長が仲人となり、見合いで結婚した。

最初は猫なで声で夫に甘えていた。関東でも一、二を誇る規模の蒼龍會は、古くから芸能事務所とも密接な繋がりがあった。

そのため結婚以降、多くの仕事が彼女に舞い込んできたらしい。メジャーな雑誌やＣＭの仕事を得て、結婚後、売れっ子になった。

だが、妊娠中は子を孕んだせいで仕事が減り、醜く変わったと言って己の姿を嫌悪し、孕ませた夫をなじるようになった。愛のない見合い結婚だったから、仕方がないのかもしれない。

出産直後は、子供なんて産みたくなかった、子育てなんてできないと、離婚を要求してきた。日本で売れたおかげで海外のエージェントと契約し、彼女はモデルの世界に戻っていった。

今はイタリアだかパリに住んでいるらしい。

だが、当時、残された華はまだ一歳にも満たない乳飲み子だった。

純真無垢で可愛い子供をなぜ放っていられるのか龍雅は理解に苦しんだ。

今、華を育てているのは龍雅だった。

おしゃまな性格だが、まだまだ母親の愛情が欲しい年ごろだ。

だが龍雅は母親にはなれない。

だから母親のような愛情をもって、六花が華に接してくれていることに感謝した。彼女の真っすぐで可愛い笑顔に龍雅は自然と惹かれていった。

彼女は誰に対してもいやな顔ひとつせず、ひたむきに陽菜ちゃんを育てながら懸命に働いていた。

若いのにどうしてバツイチなのか、旦那はどんなクソヤロウだったのかと思っていると、事故で亡くなった姉の子を引き取って育てていると園長から聞いた。

それ以降、自分と境遇が似ており、健気な六花に心を寄せるようになった。

実は華は、龍雅の本当の子ではない。兄である大雅の子だった。

そのため正確には、華は龍雅の姪となる。

龍雅の家は代々極道で、跡目を継ぐたった一人の兄が、一年前に何者かに襲われ急逝した。そのため龍雅が兄の遺志を継ぎ、蒼龍會本家の若頭となった。姪の華も自分が引き取り父親として育てている。

それまではずっと家で育てていたが、華も友達が欲しい年頃だ。それにこのまま舎弟に華を育てさせるわけにはいかない。

できれば華は、将来は極道とは関わりのない世界で自由に生きて欲しい。

龍雅は、いくつかあるフロント企業のＩＴ会社の経営者の肩書きで、華を保育園に入園させることにした。

まさかその保育園で働く六花に惚れこむとは大誤算だ。

自分はカタギじゃない。いくら真っ当なフロント企業をいくつも経営していても、この身体には、脈々と続く生粋の極道の血が流れている。

だからこの恋は墓場まで持っていく、そう決めていた。

それでも毎朝、欠かさず自分で華を保育園に連れて行く。ひとえに六花に逢いたいからだった。

彼女は早番が多く、たいてい玄関先で子供を預かる当番だった。

六花からは清潔な石鹸の香りがした。自分に流れる血に沁みついた、汚れ切った匂いとは違う。まっさらで清廉な女性だ。

そんな彼女に極道を生業としている俺が近づいて、穢（けが）れたシミを付けるわけにはいかない。

それでも彼女の笑顔に逢いたくて、家政婦に任せれば済むものを、毎朝、華を保育園に送るイクメンを演じていた。

しかも彼女の前では愛想よく紳士的に振る舞った。好感度の高いＩＴ企業の社長だと思わせていた。

ひとえに惚れた女に自分を少しでもよく見て欲しいという、狡賢（ずるがしこ）い浅慮からだった。

「篁さん、おはようございます！」

龍雅の心に元気を与えてくれる、彼女の笑顔に心が踊らない日はない。

だが、フロント企業や組の仕事で帰りの迎えはほぼ無理だった。そのため、家に帰ってきた華から六花の話をいち早く聞き出したくて、自分から保育園はどうだった？　と華に聞く始末だ。

どこの世界に、「保育園はどうだった？」なんて宣う極道がいるだろう。しかも「今日はいつもと同じだったよ」と言われると、がっくりする。

あの手この手で、六花について探りを入れる。

ついには華から渡された運動会の写真に、六花のアップを見つけたときは狂喜乱舞ものだった。

着ている白いTシャツは、大きい胸のせいで瑞々しくはち切れそうだ。腰がきゅっと細くて、ショートパンツを履く尻の形もいい。

その写真をオカズに抜いた夜も数多ある。

もうその頃には、華を預けている保育園の先生というより、自分の女としてベッドに組み伏せたいと、不届きにも朝っぱらからサカる始末だ。

とうてい叶わない恋。

彼女は初心な上に、カタギだ。だから自分の心に嘘をついて平静を装った。

――俺は六花なんてタイプじゃない。

ヤクザが片恋なんて、聞いてあきれる。

だが、この間の大雪の夜、雪道で遭難しかかっている六花を見つけたときは、心底驚き助けられたことにほっとした。

あのまま自分が行かなければどうなっただろと思うと、心臓が竦みあがった。

しかも六花は自分のダウンコートを陽菜ちゃんに着せ、命がけで寒さから守っていた。

コイツはただ者じゃないと感心した。

自分の身体が凍えることなどお構いなしに、たった一人の姪を守っていたのだ。

そのせいで六花の身体は、低体温になる一歩手前だった。

龍雅は有無を言わさず自分のペントハウスに連れて行き、彼女を風呂に入れて温めた。

六花と二人きりになり、なんとか理性を保つために、なるべくクールに装っていたのだが……。酒の力もあったのか、六花から思いがけない告白を受けた。

「篁さんが、好きれす……！」

舌足らずに告白した六花を思い出し、龍雅の脳がふやける。

ものすごく可愛くて、イチモツにズキっときた。彼女なら、極道の俺でも受け入れてくれるのではないかと思い、龍雅は六花を全力で誘惑し、セックスに持ち込んだ。

嬉しいことに六花は敏感体質で、龍雅が触れた所から面白いように蕩けてしまう。

セックスの相性も抜群で、心は清純なのにカラダはエロいという松竹梅の松を超える体質だった。

だが、翌朝、龍雅は無残にも裏切られた。

まさに天国から地獄に突き落とされたかのように。

六花は前の晩、自分に惚れたと言っていた。龍雅は好機を逃すまいと、極道だと打ち明ける前にセックスに持ち込んだ。

はじめから極道だと打ち明ければ、六花が背中の彫を見て恐れ慄くと危惧（きぐ）したからだ。

まずは六花を身体で篭絡（ろうらく）し、自分に充分慣らしたところで頃合いをみてカミングアウトしようと思っていた。

六花の初めては、リビングのソファーで服を着たまま致したが、彼女への渇欲が収まらず、二回目のセックスは寝室に連れ込んだ。

お互い生まれたままの姿で存分に乳繰り合った。

しかも龍雅は背中の彫を見せて六花に衝撃を与えないよう、部屋を暗くして交わった。

だが、射精して六花の身体に崩れ落ちると、大きくて張りがあり、柔らかなオッパイが龍雅の顔を包み込みこむ。あまりに気持ち悦（よ）すぎてつい、そのまま熟睡してしまったのだ。

——たぶん、パイズリの夢を見た。

だが朝には、辛い現実に打ちのめされた。

龍雅がカシャという物音で目覚めると、六花がスマホで自分の寝姿を隠し撮りしていた。いや、龍雅の姿というより、背中の彫を撮影していた。

——なぜ彫を？

龍雅は眠ったフリをして考え込んだ。なんだかいやな予感がした。

六花は龍雅を起こさないよう、こっそりベッドを抜け出すと、抜き足差し足で、一階の子供部屋に行く。ぐっすり寝ていた陽菜ちゃんだけをそっと起こし、龍雅に何も告げずに黙って陽菜ちゃんを連れペントハウスから姿を消した。

こっそり六花の後を追って一階に降り、様子を伺っていた龍雅は頭が混乱する。

好きだと告白された翌朝に、フラれるなんて事があるのか。ただ、お世話になりました、というそっけない書置きだけを残して。

龍雅は惚れこんでいた分、怒りが湧いた。

だが、彼女はカタギだからしようがない。極道と分かった途端に熱が冷める事も厭(いと)えない。

——それまでの女だったんだ。

自分の想いを冷ますように、そう心に言い聞かせた。

すぐに龍雅のボディガードから連絡が入り、「女が子供を連れて出て行きますけどどうします?」と問われて、放っておけと命令した。

「クッソヤロウ!」

裸のまま寝室に戻った龍雅は、もやもやして部屋の壁に拳を入れる。

クソヤロウとは六花ではない、極道の自分に向かってだ。または誰でも構わない。

渦巻く気持ちを何かにぶつけて発散させたかった。

だが、ボクシングをしていたせいで、寝室の壁に大きなへこみが出来てしまった。

女一人いなくなったぐらいで、この気持ちはなんなんだ?

もう彼女のことは忘れよう。あんな女、極道の俺には相応しくない。

一晩寝て、気持ちに整理を付けたはずだった。

だが翌朝、保育園で六花に顔を合わせると、彼女は龍雅を見て恥ずかしそうに頬を染めた。

ふつふつと怒りが沸き上がる。龍雅は六花を嫌悪するように見下ろした。

この女、俺のカラダで快楽だけ貪りやがって。

女々しくもわざと六花でない他の保育士に笑いかけ、園バッグを渡す。

彼女を無視し、そっけなく園を後にすると、六花が追いかけてきた。

またそれが龍雅のイライラを募らせた。

だから、冷たく突き放した。極道なんかに言い寄る女は、金目当てのキャバ嬢かキメセクしたい女だけだろう。

もう彼女とは終わり。そう思っていたのだが……。

その日の夜、六花はこのビルの前にいた。極道姿の龍雅を待ち伏せし、声をかけてきたのだ。

たぶん、どこからか自分が蒼龍會の若頭ではないかとの情報を得たようだ。

――さては隠し撮りした俺の写真、応龍と赤椿の刺青――を誰か組に詳しい奴に見せたんだろう。

赤椿は蒼龍會の代紋だ。それに応龍の刺青とのコンビは、代々蒼龍會の若頭になった時に彫る伝統だ。

それまで龍雅は彫を入れてない綺麗なカラダだったが、兄の遺志を継いで心を決めたとき、身体に彫を刻みこんだ。

六花は龍雅が本当に極道なのか、保育園での篁と同一人物なのか確かめたかったらしい。

だが、龍雅は六花と今後一切かかわらないと決め込んだ。

きっと彼女は龍雅が極道じゃないのであれば、付き合いを続けようと目論んでいるだけだ。ペントハウスに住む金持ちだからだろう。所詮、狡賢い女だ。

その日は間が悪いことに、ちょうど先代組長の大姐御（あねご）、つまり龍雅の母親が北海道旅行に来たため、空港に迎えに行って組事務所に戻ってきた所だった。

着物の姿の彼女は、龍雅の後から車を降りてビルに入ろうとした。

だが、突然声をかけてきた六花を龍雅が冷たくあしらったにも関わらず、母親の勘なのか「可愛い子だねぇ、どんな関係？」と耳打ちしてしつこく探りを入れてくる始末だ。

だが、自分のこのヤクザ姿を見たのなら、彼女も諦めるだろうと思っていた。

それなのに一度ならず二度までも、六花はこのヤクザの本拠地ビルにやってきた。

しかも路上でチンピラに絡まれて、ヤられそうになっていた。

自業自得だ。あんな女がどうなろうと関係ない。

放っておけばいいのに、彼女が男たちにいいようにされているのを見て、咄嗟（とっさ）に身体が動いた。

男たちを蹴り倒し、六花をこの胸に抱いたときは、心臓がぶるっと震えた。

――この女を手放したくない。

龍雅はチンピラに俺の女に手を出したと凄んだ。舎弟らにチンピラを思い切り痛めつけるように指示までした。

蒼龍會の若頭である龍雅が、一般人の女を助けたのをサツのみならず関連の組の偵察隊も気づいただろう。

六花の面が割れるのは時間の問題だ。そうなれば彼女は、蒼龍會若頭の女として危険が付きまとう。自分が保護して六花を守る以外に術はない。

「この小鳥はなんで舞い戻った？　もう俺という鳥籠に入れたまま逃がさないぞ」

龍雅は独り言ちながら、煙草を灰皿にじゅ……と押し付けた。不完全燃焼した煙の燻った匂いが鼻に吐く。

六花を自分の女にするなら、彼女に打ち明けないといけない。

華が龍雅の子ではないことを。そして、この応龍と牡丹の刺青のことも。

真っ新だった六花をヤクザの女にすることに、罪悪めいた重い気持ちになる。

龍雅は極道でありながら、極道を嫌悪している。

もともと龍雅は、小さい頃からヤクザ稼業を冷めて見ていた。

汚い金を稼ぎ、ちっぽけな己の矜持のために、命さえ張る極道をどこか莫迦にしていたのかもしれない。

ある意味達観した可愛げのない子供だったせいか、龍雅と兄の大雅の二人は、組の最高幹部の一人、来栖大吾という男に目を付けられていた。

　来栖はもともと関西方面で反目する組を率いていて、東京進出を企んでいた。父は無駄な抗争を避けるため、来栖と兄弟盃を交わし、蒼龍會の幹部として迎え入れた。

　今は筆頭顧問という最高幹部の役職についている。そう、若頭の龍雅の次の地位にある。

　だが奴は骨の髄まで悪辣な極道だ。

　父の目を盗んでは、まだ小学生だった龍雅と兄を虐めて愉しんでいた。普段は標準語を使っているのに、人を虐める時は素の関西弁に戻っていた。

　龍雅が十五歳になると、来栖から筆おろしだと唐突に女をあてがわれそうになる。

「アカンアカン。そないな年にもなって女を知らんとは、こっぱずかしいわい。ワイが教えたる。極道ならヤリチンにならんとアカンやろ」

　組のスケコマシとして、身体で女を思いのままに操られるよう教育すると意気込んでいた。スケコマシは、敵対する組の女を身体で籠絡し、口を割らせる役目も担う。

　なんとかその時は、うまく躱すことができたのだが、今思い出しても反吐が出る。

　来栖の本性を龍雅は見抜いていた。

　蒼龍會は極道では珍しく実子相続だった。総長の息子が若頭となり、組の中で力をつけてから、代目を継いで総長となることが決まっていた。

　もちろん、兄の大雅が若頭となり、ゆくゆくは蒼龍會を率いることがほぼ確定していた。

だが来栖は、あわよくば自分が跡目を継いで組を乗っ取ろうと密かに企んでいた。

そのため、跡取りが約束されていた兄の大雅に対する執拗な虐めを行っていた。

気づけば小学生の頃から、父に隠れて容赦なく兄を殴ったりしていたからだ。兄の大雅は小さい頃から身体が弱く、よく熱を出して寝込んでいた。

だから龍雅は、来栖の矛先が兄ではなく、自分に向けられるようわざと来栖に反抗した。

そのせいもあって、来栖は嫌がらせのターゲットを兄から自分に移すようになった。

父の目を盗んでの殴る蹴るは日常茶飯事だった。

だが龍雅は暴力には絶対挫けない心があったし、その頃から身の安全のためにボクシングを習い始めた。来栖もさすがに大怪我を負わせるようなことはない。

ただ、いたぶって鬱憤晴らしをしていただけだ。

だがとうとうその日が来た。高校生になったばかりの龍雅は、来栖が経営するソープに強引に連れて行かれた。入店バイトの面接という名目で、まだ未成年だった龍雅に、来栖の見ている前で女に強引に口淫をさせた。

当時はまだ十六だったし、若さもあったせいか生理的欲求に我慢できずに、咥えられただけですぐに射精してしまう。

それを見て『早漏やないか。もっとガマン出来へんのか』とあざ笑う来栖を恥ずかしさと怒りで殺してしまいそうになった。

だが、龍雅は今じゃないと自分に言い聞かせた。

自分は来栖のような狡賢い極道にはならない。そして犯罪者にもならない。少なくとも、この来栖を自分や兄の目の前から跡形もなく葬り去るまでは。

その後も度々呼び出されたが、黙って耐えた。

高校生の龍雅は、まだ来栖とやり合うには力がなかったからだ。

その頃から自分は女嫌いになった。来栖に強引に女をあてがわれたせいか、いやらしくて気持ちの悪い生き物、と生理的に嫌悪感を抱く。

父も性的強要を来栖から受けていることをうすうす感づいていたものの、なんの口出しもしない。

この世界では自分で這い上がり、力でその地位を確立しないと、やっていけないことが分かっているからだ。ここで父親に頼れば、組員から蔑まれる。

親父が蒼龍會のトップだからというだけでは、上に立つことはできない。それ相応の実力を見せないといけないのだ。

来栖はそれを分かっていて、大雅と龍雅を自分の部屋住みのごとく扱った。自分が将来の若頭候補を顎で使い、権力があると他の組員に誇示するために。

だが来栖の嫌がらせには、もう、うんざりだった。

龍雅は高校三年になり、兄の大雅を誘って海外の大学に進学した。運よく、スタンフォード大学に二人そろって入学が出来、ＭＢＡの資格も取った。

兄と二人だけの何のしがらみもないアメリカ暮らしが、それまで二人が生きてきた中で、一番人間らしく自由だったと言えるだろう。

だが、極道の世界で足抜けは許されない。

同じ組であろうと、うかうかしていれば身が危うい、裏切りや騙し討ちは当たり前。たとえ国外に逃げてもどこまでも追いかけてくる。

来栖を凌ぐ力を付けなければ、いつか兄も自分も来栖に殺（ヤ）られると予想していた。

それには来栖以上のシノギを収め、組の中での地位を確固たるものにする必要があった。

マル暴対策の締め付けが厳しい中、古臭いやり方では大きなシノギを稼ぐことはできない。

そのため龍雅は大雅とともに、留学中にとあるＳＮＳのプログラムを開発した。国際特許を取り、それが運よくアメリカの大手企業に買い取られて莫大な額の資産と人脈を得た。

その後、ＩＴ関連や投資会社を次々と起業し、その運営は龍雅が行った。

するとたちまち、年商百億単位の収益を上げ、組の中でもトップのシノギを誇るようになる。大学を卒業して若頭となった兄が、次期蒼龍會の跡目を継ぐことになり、龍雅は若頭補佐として金銭面からもサポートをするようになった。

「龍雅、お前は極道に縛られずに自由に生きろ。海外に行って好きな仕事をしろ」

口癖のように、兄はいつもそう言っていた。

その頃には、大雅と龍雅は蒼龍會の中でも一目も二目もおかれる存在になっていた。

上納金の額が桁違いだったからだ。

逆に来栖は時代の流れについて行けず、古臭いやり方のケツ持ちやショバ代で稼ぐしかなかった。

麻薬取引を禁止している蒼龍會にあっては、来栖の組のシノギは減る一方だった。

すでに二十四歳で成功を収めた龍雅は、その頃には来栖の嫌がらせも止んでいた。

今や組の中での立場は逆転だが、龍雅は来栖が若頭のごとく偉そうにしていても目を瞑り、それなりに幹部として敬っている素振りを見せた。

兄が跡目を継ぐまでは、組の中で波風を立てない方がいいと思っていたからだ。

だがその頃には、龍雅は蒼龍會の幹部として、この極道の世界にどっぷりとはまり込んでいた。

金と力が物を言う極道の世界においては、女は金ズル、または性欲処理用の生き物以外の何物でもない。来栖から受けたトラウマもあってか、龍雅はひどく女を嫌悪していた。

だから極道の自分には、色恋など無縁だと思っていた。

それなのに――。

生まれて初めて、女に惚れた。

自分の下で蕩ける六花が可愛くて仕方がない。この世の中で六花を一番、愛らしいと思うほどに。

惚れた女とのセックスがこんなにも満ち足りて、気持ちがいいものだということも、人生で初めて知った。

それだけでも、もう六花を手放すことなどできない。

「家に連れ帰るか……」

自分の女となれば、彼女をいままでのようにしておけない。危険だからだ。

しかも今夜、六花をこの組事務所に強引に連れ込んだことも、多くの者に知られてしまっただろう。

龍雅は、六花を自分の手元において守るつもりだった。

彼女を新しい服に着替えさせ今後の算段をしていると、ドアをノックする音がした。

「入れ」

すると龍雅の側近である冴島が部屋に入ってきた。ソファーで丸く横たわっている六花にちらりと視線を向ける。

「——その女、花屋にでも？」

もちろん、極道の考えならそうなるだろう。龍雅は水商売の女しか抱いたことがない。

「いや、俺のペントハウスに連れて行く。車を回してくれ」

「……正気ですか？」

龍雅の右腕である冴島が難色を示した。

「——若、遊びなら何も言いません。でも、本気なら反対です。その女には何の価値もない。筆頭顧問の来栖に対抗するためには、関連団体の桜仁会（おうじんかい）会長の娘との縁談を受けるべきです。そうすれば若の勢力が拡大します」

冴島が甘い女の香りと精の残り香の漂う空気にも、表情を一切変えず、龍雅を真っ向から見据える。

「俺のプライベートには口を挟むな。いくらお前でも差し出がましいぞ。その縁談は、そもそも離婚して独り身になった兄貴に持ち込まれた縁談だった。兄貴の後を継いで若頭になったからといって、縁談まで押し付けられるのはごめんだ」

龍雅はにべもなく断る。

しかも兄の大雅も、その縁談に乗り気ではなく、龍雅には打ち明けずにどこかの女と密会しているようだった。

もしかしたらその頃、兄にも好いた女がいたのかもしれない。モデルの酷い女に捨てられて離婚した直後で、温かな女の情を求めていたのだろう。

なおも物言いたげな冴島を無視し、龍雅はぐったりと寝ている六花を抱き上げた。舎弟の一人に指示して裏口に車を回し、六花を自宅のあるペントハウスへと連れて行く。

六花のことはすでに調べてあった。

高級クラブのママとして店を経営していた姉を事故で亡くし、その姉の子供を引き取って育てている。

しかも調べてみると、六花の姉が経営していたクラブは蒼琉會系のシマだった。資金源を洗うと、当時、蒼琉會のフロント企業をいくつも巧みに経由して、クラブのオープン費用が動いていることが分かった。

巧妙にヤクザと関係のない健全なフロント企業からの出資と見せかけている。

もう少し調べれば、誰が彼女に出資していたのか分かるかもしれない。

龍雅は、ふと、もしかしたら兄が関わっていたのかもしれないと思っていた。

本来、うちのシマにある夜の店の上り(アガリ)は、蒼琉會に入る流れだが、そのクラブからはなんの上納金もなく、ヤクザとは無関係に健全な運営がされていた。

もちろん龍雅もそのクラブには一切、手を付けるなと冴島に指示を出していた。

「六花、お前に惚れてもいいか？」

龍雅は、車中で寝ている六花に請(こ)う。

自分の汚れた手で、真っさらな新雪を踏みしめてもいいのだろうか。

だが、肝心の愛しい女は、疲れもあったのかぐっすりと眠っている。

龍雅は腕の中の六花を汚さないよう、壊れ物を扱うがごとく、そっと抱く手に力を込めた。

「――ほう、あいつにも、とうとう入れ上げる女が出来たようだな」

龍雅が六花を大事そうに胸に抱き、ビルの裏口から人目をはばかりながら車に乗り込む様子を、来栖が偶然車の中から目撃する。

今夜自分が設けた宴席をすっぽかした龍雅に文句を言うために会いに来たのだ。

冴島から欠席のお詫びにと届けられた、ダイヤが所狭しと文字盤やアームに埋(うず)められたゴールドの高級時計を貰ったからといって、到底許せることではない。

極道の作法がなっていない。直接詫びを入れるのが筋だろう。

筆頭顧問の俺を軽く見ている証拠だ。ここはアイツにガツンと言ってやらねばと、説教するために車を回したのだが、お陰でいいモノが見れた。

「おい、あの女の素性を洗っておけ」

「ヘイ」

来栖は同乗していた舎弟に指図すると、気分よくドカッと後部座席に背もたれる。

腕を持ち上げて、貰った腕時計のダイヤの輝きを堪能した。

さっきはアイツに文句を言うことしか頭になかったが、よく見るとなかなかイイ煌めき具合だ。

「こらオモロイことになりそうや」

リムジンの中で、ドンペリゴールドをグラスにどくどくと豪快に注ぐ。来栖はゴクリと喉を鳴らして美味そうに味わった。

参ノ章「礼」　極道なのに甘え上手？

――なんだか身体が揺れている？

少しだけ、浮遊感のような奇妙な違和感を覚えた。六花の高みに昇ったままだった意識が、がふわりと地上に舞い戻る。

すると向かい合った革張りのソファーに、龍雅が長い脚をゆったりと組んで腰かけていた。

甘さの滲む目を細め、自分を愛おし気に見つめている。

「龍雅さん……」

最初は自分がどこにいるのか分からなかった。まだ蒼龍會ビルにいるのかと思っていたが、身体全体にはっきりと揺れ動く振動が伝わってきた。

――夢だったの？

いいえ、さっきまで龍雅に服を脱がされ、愛し合っていたはずだ。なのに六花は真新しく、清潔なワンピースを着せられていた。

しかも龍雅の匂いの残るジャケットを毛布代わりに羽織わされている。

「こ、ここはどこ……？」

慌てて目をぱちぱちと瞬いて飛び起きた。

「俺のリムジン」

さらりと言う龍雅に六花は返す言葉が出ない。いきなりリムジンに乗せられていたら誰だってそうだろう。しかも人生初めてのリムジンだ。

車内は応接室かと思うほど広く、運転席はウィンドウが閉まっていて、向こうから中が見えないようになっている。

ブルーライトが妖しい光を放つ車内では、白い革張りのソファーがセレブな雰囲気を漂わせていた。

——そうだ。龍雅は極道という前に、ＩＴ企業のＣＥＯでもあった。

ペントハウスに、リムジン……。いったいどれほどの資産を蓄えているのだろう。だがそんなことよりも、自分をどこに連れて行くつもりなのだろうか。

「ど、どこにいくの？」

「もちろん、俺と六花の家だよ」

龍雅はアームレストに頬杖をついて、愚問だとでも言わんばかりに、にこりと笑う。

——いやいや、ちょっと待って。

にっこり言うことではないし、それに二人の家ってそこはどこ？

「わ、私の家は山の手のはずれですし、龍雅さんのペントハウスは高級住宅街にあるじゃないですか」

「今日からペントハウスに一緒に住むから、俺と六花の住まいになるな。当面は」

「い、一緒に住むッ⁉　ど、どういうことですか？」

六花は素っ頓狂な声をあげた。

「どうもこうも、言葉どおりの意味だけど？」

龍雅が面白がるように声を躍らせた。ありえない冗談で、六花を驚かせようとしているとしか思えない。

「いえ、お互い仕事もありますし、そもそもどうして一緒に住むんですか？　陽菜をクラブの託児所に預けたままですし、繁華街に戻らせてください」

六花はきっぱりと断る。龍雅はおや、という顔をしてみせた。

「あんなに愛し合ったのに、つれないなぁ……。そういえば陽菜ちゃんはSnow-white（スノーホワイト）の託児所にいるんだよね。たしか君の姉さんがオーナーをしていたクラブで、今は雇われママさんがいるんだったか。蓉子ママと言ったけ」

龍雅は六花のことはすべて調べ済みだと分からせるように、余裕の笑みを浮かべた。

六花は唖然とした。自分が話していないこともすべて把握しているようだ。

確かに極道なら、夜の商売に関わるネットワークについては、容易に情報を得られるのだろう。

それならそれで、話は早い。

「もう私のことを調べたのなら、Snow-whiteまでお願いします。夜も遅いですし、陽菜が心配なので」

「それなら心配いらない。陽菜ちゃんももう、俺のペントハウスに連れてきているから」

その言葉に驚きすぎて、目が飛び出そうになる。

「——っ、それ、誘拐です」

「まぁまぁ、固いことは言わずに。とっくに華と一緒に夕飯も食べて、風呂も入ってもう寝るところらしいよ」

よかれと思ってしたのだろうが、自分に何の相談もなく事を進めた龍雅にムッとする。

陽菜に何かあったらどうするのか。

「じゃあ、龍雅さんのペントハウスに着いたら、陽菜を起こして帰ります」

「それはだめだ」

「どうしてですか？　龍雅さんは横暴です。勝手になんでも決めてしまって……。陽菜は私の大切な姪なのに……」

するとと龍雅がすっと真顔になる。

「なるべく君を不安にさせたくはなかったんだが。さっきも言ったとおり、蒼龍會ビルの前で、派手にチンピラに絡まれていただろう。それだけでも目につくし、俺が君を助けて蒼龍會ビルに連れ込んだのを見られてしまっている。六花が俺の関係者としてマークされるのも時間の問題なんだよ。反目する組が、六花や陽菜ちゃんを危険な目に合わせないとも限らない。脅しじゃなく俺に君たちを守らせてくれないか？」

六花はきゅっと唇を噛んだ。

――余計なことをしないで。陽菜を守るのは私よ。

そう喉元まで出かかったが、その言葉をぐっと飲み込んだ。

実際、龍雅には雪の中で命を救ってもらっているし、ホテルに連れ込もうとしたチンピラからも、六花を守ってくれている。

おせっかいだと跳ねつけることはできない。きっと龍雅は本気で心配してくれているのだ。

極道の龍雅はぶっきらぼうだが、保育園での優しい龍雅と本質は変わらない。親身になって六花達のことを考えてくれているのだ。

だが一緒に暮らすというのは、まだ許容できない。

お互い好きな気持ちはあっても、ほんの数回、体を繋げただけの関係だ。恋人というにも、まだ早い。なにより龍雅が姉の恋人だったのどうか、分からないままだ。

好きではあるが、肝心なことを解決できないまま、中途半端な気持ちで一緒に住むことはできない。

六花は俯いた顔を上げた。

「じゃ、じゃあ、あの今夜だけ……、私なんて一般人だし何の役にも立たないですし、極道の皆さんにとっては全くと言っていいほど、なんの価値もないです。だから危険なんてないと思います。龍雅さん心配しすぎです」

六花が真顔で言いきると、龍雅は心の中で苦笑した。

そもそも六花の価値は自分が分かっている。

それでもこの極道の世界では、俺の女となった時点で、お前には金に糸目をつけられないほどの価値も生まれてしまったんだよ。

心の中で六花に呟く。

もちろんサツだって六花をマーキングリストに入れるだろうし、その筋の組織関係には最需要人物として認識される。

何しろ関東一を誇る極道、蒼龍會若頭の女(イロ)になったのだ。俺のモノになったからには、全力で守る。龍雅は改めて、背にしょった応龍に誓いを立てた。

――そのことをどう分からせてやろうか。

六花は何も分からない子ウサギのようにこちらを見つめてくる。

龍雅は六花を目で捕らえながら、長い脚をゆっくりと組みなおした。

「俺にとっては、六花はかけがえのない価値があるけどな。俺の性欲を鎮めるという役にも立ってくれているし」

すると六花が顔を赤らめて、言葉に詰まる。

その姿にイチモツがぶるっと胴震いした。

――クソ。一体どれだけ愛らしいんだ。俺の惚れた女は。

「若、もうすぐ到着します」

ふたりは、一度、ホテルの地下駐車場で目立たない別の車に乗り換えた。ペントハウスには子供がいるため、龍雅は自分がどこに寝泊まりするかバレないよう、いつも細心の注意を払っている。

蒼龍會ビルから自宅に戻るときは、直帰はしない。かならずホテルやいくつかのマンションを経由して色々な車に乗り換える。

龍雅にとって、あのペントハウスはプライベートの隠れ家みたいなものだ。あのマンション内に、会社名義で別の部屋も持っており、表向きは社員がそこに住んでいることになっている。

幸いまだあの住まいはサツや他所の組にはバレてはいない。

バレたらバレたで、住み替えるだけなのだが。

だが、六花と初めて結ばれた家でもあるので、柄にもなくあの家に思い入れができた。出来るならずっとあのペントハウスで、六花と華、陽菜と暮らしていきたい。

龍雅は来栖に植え付けられたトラウマのせいで、女は男が精を吐き出すための嫌悪すべき生き物、そんな風に認識付けられていた。

それが六花と出会い、女性の認識が逆転した。龍雅にとって天動説から地動説に変わるぐらいの衝撃だった。

女性は守るべき存在。一人の女性として六花を愛している。

六花は特別だ。彼女の笑顔をいつもそばで独占したいと思うほどに。


「さ、入って。着替えとか、当面の生活に困らないものは準備してある」

龍雅がドアを開けてペントハウスの玄関に六花を促すと、「キャッ、キャッ」という笑い声と「ヒヒーン」という馬をまねた鳴き声があがった。

「……まだ寝かしつけてないのか。セックスできないだろうが」

チッと舌打ちしながら、龍雅が小声でとんでもないことを言う。

――セ、セックスって……。さっきしたばかりなんですけど。

心の声が駄々洩れの龍雅に、六花は胸の中で恐る恐る突っ込みを入れる。

玄関の奥に広がるリビングに行くと、なんと陽菜と華ちゃんがパジャマ姿で、はしゃいでいた。

四つん這いになった世話役の不破の上に、二人で馬乗りになっている。

「若～、やっと帰ってきてくれたんですね～。もう小一時間もこのありさまで……」

半泣きで不破がお馬さんの格好のまま振り向いた。

「あっ、パパ、六花先生、お帰りなさーい」

華と陽菜がぴょんと飛び降りて、二人に駆け寄ってくる。

「こらこら、二人とも。お兄さんを困らせちゃだめでしょ。もう夜の十時を過ぎちゃったよ。寝ない子のところにお化けが出るかもしれないよ」

「やだぁ、怖いっ。六花ちゃん、一緒に寝て～」

二人が六花の手をぎゅっと握って子供部屋に連れて行こうとする。すると龍雅が引き留めた。

「陽菜ちゃん、華、六花先生は今日は遅くまでお仕事をして、疲れちゃったんだって。だからパパの部屋の大きなベッドでゆっくり寝かせてあげようか。華のベッドはちっちゃいだろう？　怖いなら不破が今夜は泊って一緒に寝てくれるって。な？　そうだよな、不破？」

龍雅が笑顔で不破を振り返る。だがその眼光は異を唱えようものなら半殺しにするぞと伝えていた。

「そ、そん……なっ。……へ、へい……ゎかりやした……」

やっと解放されたと思った不破は、龍雅の仕打ちに涙目になる。

「やったー！　ふわのおにいちゃん、いっちょにねんねしよう！」

両手を二人に握られた不破が、強引に手を引っ張られて子供部屋へと連行されていく。

すれ違いざまに龍雅が「一分で寝落ちさせろ、お前は床で寝ろよ。それと二階（うえ）に上がってくんな。来たらコロす。ギシギシ物音や声がしても聞き流せ」とドスを効かせ、機関銃のようにいくつもの言葉を浴びせかけた。

「あの……いいんでしょうか。陽菜まで不破さんにお世話になって」

「もちろんこれからは陽菜ちゃんの世話も不破の仕事だからな。さ、二階にもジャグジー付きの風呂がある、一緒に入ろうか」

龍雅が甘えるように背中から六花を抱き締めて覆い被さった。逞しい腕をお腹の方に回してぎゅっと力を籠める。

肩口にふぁさりと髪が触れたと思ったら、六花の首筋に鼻を擦り寄せてきた。

「六花……。さっき、ゴムがなくて中でイけなかったから、中でイきたい。ダメか？」

物憂げな声で、スンスンと匂いを嗅ぐような甘えた仕草をする。まるでワンコのように見えない尻尾まで振っているみたいだ。

「────っ」

ご、極道なのに、甘え上手って反則です……。


「……んっ、んっ！　んぅ、やぁ……、あ、こ、声、でちゃ……う」

「ガマンしなくていいよ。不破が起きるかもしれないが、聞き流すように指示をしているから問題ない」

──やっぱりこうなってしまった。

バスルームのジャグジーで、六花は背中から龍雅に抱え込まれるようにして、すっぽりと抱き込まれている。

家に戻ってすぐに、速攻でお風呂に入ってエッチなんて恥ずかしすぎる。

——不破さんに聞こえちゃう。

六花にとっては、大問題だ。

自分が感じている声を龍雅以外の他人に、しかも男性に聞かれたくない。

涙目になって声をガマンしようとするが、龍雅は、わざといやらしい動きをして六花に甘い声をあげさせる。

「あんっ、あんっ、そこやなのぉ……っ」

湯の中で赤く色づいた二つの蕾を交互にきゅ、きゅと捏ねられる。

「困ったやつだ。どこもかしこも敏感で」

「だって、龍雅さんの手がごつごつして骨ばっているから……よけいに」

「もっと可愛がって欲しい？」

「————ッ」

彼の手は六花の真っ白な肌とは対照的に、浅黒く男らしい。

その手がなだらかな肌の表面を焦らすように滑り降り、また這いあがる。

泡のジャグジーに浸かっている六花の肌はぬるぬると、よく滑る。脇腹から乳房の膨らみの稜線を辿るようになぞり上げられれば、腰骨がぞわぞわした。

まるで弱い電流を流されているみたいに、ぴりぴりと肌を甘くいたぶられる。

手がデコルテから腰まで起伏を堪能するように上下する。骨ばった指先がコリっと尖った乳首を掠めて、甘く詰まるような喘ぎが漏れた。

「んふっ、やぁ……」

「こんなにピンと固くして。愛らしいな」

突起をクリクリと指先で扱かれ、六花は胸から迸る悦楽に打ち震える。

声を抑えているせいか、快感の疼きが内にこもって胎内に甘く渦巻いていた。

「敏感体質にも困ったものだな。もっと慣らさないとな」

ちっとも困ってないではないか。

龍雅は嬉しそうに臍の下に手を滑らせ、六花の脚の付け根に沈み込ませていく。指先が、薄い下生えを掻き分けた。

「柔らかいな」

肉のあわいを割開き、ぽってりと潤み切った粒を探り当てると、円を描くように優しく指先で撫で始めた。

「ふぁ……、あああっ……ッ」

「気持ちいいか？　六花のエゾヤマザクラが色鮮やかに咲いている」

——視界が霞むほど、気持ちいい……。

湯ではない、にゅるにゅるした液体が内側から溢れ、龍雅の指が泥濘（ぬかるみ）を滑って花芽を甘

く撫で苛む。

秘粒がもっと可愛がられたくて、さらにぽってりと膨らむ。指先で触れられただけで、そこから鋭い喜悦を溢れさせた。

「んっ、イイの……。……そこがイイの……ッ」

「よしよし、もっとな」

発情した雌のか細い声が、湯気のたつバスルームにこだまする。

ぴんと勃ちあがった乳房の突起と秘粒を同時に転がされ、捏ねられては堪ったものではない。

指で媚肉を大きく割り開かれ、湯の熱さと指先の感触が綯い交ぜになる。蜜芯が切なげな疼きを増した。

六花は龍雅の逞しい胸板に背もたれ、ピクピクと甘く陶酔しながら湯面を波立たせた。齎(もたら)される愉悦を享受し耽溺(たんでき)する。

もどかしい責め苦に何度も高みへと押し上げられ、感じまくった雌猫のような喘ぎ声を幾たびもあげる。

――きっと階下の不破さんに聞こえてしまっている。

でも、止まらないのだ。

恋しい人の愛撫に身体が従順になり果て、自分を可愛がる雄に甘えたくる。

極道でも、男としての魅力がだだ漏れの龍雅に、心も身体もしなだれる。

気持ち悦すぎて、湯の中で尻までクネクネと振り、全身で「キモチイイ」を龍雅に伝えようとする。

欲しくて欲しくて堪らない。

過去に彼が姉を愛したかもしれないと思うと、心臓は串刺しにされたかのように痛むのに、秘部は龍雅に屈してとろとろに蕩け落ちる。

湯に浸かって間もないのに、頭がぼうっとして、龍雅に気持ちよくされていること以外、何も考えられない。

龍雅が好きだから、こんなにも全身全霊で感じてしまうのだ。

――好き。ただ好きなの……。

熱い肉棒を埋めて隙間などないほどに満たして欲しい。心の葛藤もなにもかも消えて無くなるまで。

すると尻のあわいに厚い塊が当たってビクンと脈動した。

はちきれそうなほどの極太の男芯――。

そそり勃つ雄の証を感じて、堪えきれないほどの欲望がぞくぞくっと腰骨に卑猥に纏わりついた。リアルな欲望に浅ましく蜜壺が熱く潤み、ヒクヒクと物欲しげに蠢く。

「六花の下のクチは、最高に素直だな」

龍雅が蜜口に指の第一関節を呑み込ませる。

もっと奥に欲しくて、蜜孔が鯉のようにその指をちゅぱちゅぱとしゃぶり、奥に吸い込もうとする。

「ほら、俺の飼っている錦鯉は可愛い……。ずっとこうして餌付(えづ)けしたい」

龍雅が愉快そうに指の第一関節だけを、蜜孔に浅く入れては抜く。その度に、蜜口が忙しなく指をクポクポと奥に誘うように喰い締める。

「……んっ、はぁぁ……あぁ……んッ」

まるでお預けを喰らっているようで、六花は息もままならず酸欠になりそうなほどだ。

指よりも背に感じる龍雅の太い男根をナカに埋められるのを想像する。

甘美な刺激がとめどなく送り込まれ、挿れられてもいないのに、疑似的な歓喜(オーガズム)を感じて身体が極めてしまう。

「ひぁ……っ、あぁ……んッ」

くったりと四肢から力が抜け落ち、後ろで龍雅が支えていなければ、湯に沈んで溺れてしまいそうだ。だが極めたのは六花だけではなかったようだ。

龍雅もうっと息を止め、しばしきつく六花を抱きしめながらブルブルッと震えた。

「――ごめん。中でもイきたいから、ベッドに行こう」

雄の切羽詰まった声に、鼓膜が擽られる。

ふと湯面に視線を落とすと、六花のモノとは違う、白い粘液が漂っていた。

龍雅のキングサイズのベッドでも、二人は獣のように交わった。

全身を舐められ、太い雄茎で蜜壁の凹凸の隅々まで味わうように、じっくりと擦られる。六花は四つん這いで白い尻を突き出し、龍雅の赤黒い肉棒を奥深くに迎え挿れた。ゆさゆさと尻ごと揺すられ、蜜汁を垂れ流す。

「堪らないな。発情した雌猫みたいで」

太くてみっしり詰まった長い竿の重みが、蜜壁を押し広げるように抜き差しされる。雄の欲望で荒々しく突き上げられる行為に、淫らに感じてお強請（ねだ）りするように尻を左右に小さく揺さぶった。

「いい子だ、ほら、これが欲しかったんだろ？　湯の中でも何度もイきまくって」

亀頭の先を蜜口の浅い所でヌポヌポっと前後する。尻肉を開き勿体ぶって抜き差しする腰の動きが、猥褻（わいせつ）なことこの上ない。

龍雅の亀頭の造形は、薄膜をしてもなお、エラが張り鋭敏な深い括れを刻んで六花の蜜襞をぐりぐりと抉る。

プルプルと浅ましく媚肉が震えて、蜜奥が物欲しげにきゅぅんと窄まった。

「りゅ、りゅ……がさんの、太いの……すき……、もっと、奥に……」

「龍の肉棒が好きか？」

ならくれてやる、とズンっと深い突き上げを喰らう。

その肉棒を包む薄い膜には、龍が刻み込まれていた。六花はまるで卑猥な龍に蹂躙されているようで、蜜孔を蕩けさせる。

実をいうと、ベッドに運ばれてすぐに龍雅は中でイきたいからと、コンドームをベッドサイトのチェストから取り出した。

だが、そのパッケージを見て、二人は瞠目する。

「……不破のヤロウ」

龍雅は舌打ちした。なんとそのパッケージには龍がデザインされていた。中から取り出したスキンは一見普通だったが、龍雅がそそり勃つ肉棒に被せると、するすると見事な龍が現われた。

肉幹には繊細なウロコが描かれた長い龍の胴体が泳ぐように描かれ、亀頭には龍のおどろおどろしい相貌がある。

まるで、男根自身が淫猥な龍のように見えてしまう。

「……俺のサイズはXLだから、コンビニでは手に入らないんだ。あいつにゴムの補充を頼んでおいたんだが……明日の朝、シメてやる」

だが意外にも、六花は龍雅の龍に突かれて夢中で快楽を貪った。

朝までたっぷりと龍の吹き上げた白炎を、幾たびも搾り取ってしまうほどに。

＊　＊　＊　＊　＊

「う、ううん……」

温かな体温と、微かに香る男らしい匂いに目が覚めた。

汗ばんだ名残でしっとりした剝き出しの肌が六花の目に飛び込んでくる。

六花は龍雅の胸に向かい合って抱き込まれ、腕枕をされていた。

固く盛り上がった上腕二頭筋が、思いのほか弾力があって心地いい。

腕枕をしながら指先で六花の髪をくるくると絡ませ、彼も気だるい甘い目覚めの時を堪能していようだ。

「おはよう」

甘さのつまった破壊力のある美貌で見下ろされ、細められた瞳にきゅんと心臓がわし摑みにされる。目元の泣きぼくろが堪らなくセクシーだ。

昨夜は夜明け近くまで何度も絶頂に押し上げられ、いつのまにか寝落ちしてしまった。

シャワーさえも浴びる余裕もなく、二人の肌は性交の名残を残したままだ。

お互いの匂いを残すしっとりした肌に包まれて、心が幸福で一杯になる。

好きな気持ちが溢れて、我慢できずに六花が龍雅の胸に唇を這わせると、龍雅も大きな手で六花のうなじを引き寄せ、熱い口づけを与えてくれる。

幸せすぎて、怖い。

六花の華奢な脚も、龍雅は自分の逞しい太腿に挟みこんで絡ませている。

身体中をピッタリと自分に寄り添わせ、離れがたいと思ってくれているのだろうか。

濃厚に交わった後の甘く気だるい余韻に、涙が滲むほど恋心が溢れて蕩けだしてくる。

いてしまいました。

——ああ、龍雅さんが好きすぎてツライ。

保育園の篁ファンのママさん達、抜け駆けしてスミマセン。龍雅さんを美味しくいただいてしまいました。

ひとり悦に浸っていると、誰かにコンコンと小さくドアをノックされる。

「——なんだ?」

「若、スミマセン。冴島補佐が来ていて——、いま下に」

龍雅がチッと舌打ちする。

「待たせておけ」

「でも急用だそうで——」

龍雅が苦虫を嚙みつぶしたように顔を顰めた。

「龍雅さん、行ってあげて? 私もシャワーを浴びたいから」

本当はもう少しベッドで甘く龍雅とイチャイチャしていたいのだが、実際、陽菜と華を起こして朝ご飯を準備しないといけない。

「悪いな」

龍雅は嘆息して、気だるげにベッドを降りた。

何も纏っていない、引き締まった男の美しい肢体に目が奪われる。

背中の応龍と赤椿が、眩しいほどの朝日に照らされ深い陰影を刻んでいた。筋肉の隆起したところがより鮮明に浮かび上がって息をのむほど妖艶だ。

だが龍雅が不意にくるりと振り向き、六花はドキッとして頬を染める。

臍の下の黒い茂みが、リアルに目に飛び込んできた。

グロテスクでもある男根が歩くたびにゆらゆらと揺れていて、半ば勃ちあがっているような……？

男の人は、邪魔じゃないのかしら？

龍雅はサイドチェストから長めのスウェットパンツを取り出して履き、六花の傍に腰を下ろした。

「六花、お前は俺にはもったいないぐらい、可愛くて愛おしい」

頤（オトガイ）を捕らえられ、ちゅっとリップ音をさせて啄むキスを落とされた。

むせ返るほどの龍雅の男らしい香りと幸せが頭に流れ込んできて、六花の脳がたちまち液体と化す。

「朝からご馳走だな」

——それはワタシのセリフです。

龍雅はクスリと微笑むと、「あとで今後のことを話し合おう」と言い残し、冴島の待つ階下へと降りて行った。

龍雅がいなくなると、六花は昨晩の名残りで寝乱れたベッドの上で、ひとり膝を抱え込んだ。

――龍雅さんが好きだ。彼が極道だろうと、この想いは変わらない。

人は生まれてくる環境を選べない。

龍雅は極道の家柄に生まれつき、彼なりにあがき苦しみ、極道の傍ら極道から離れた仕事をすることで、自分の生きる道を見つけたのだろう。

なんとなくではあるが、彼の本心は極道の血を嫌悪しているような気がする。

フロント企業ではあるが、表の仕事に情熱と誇りを注いでいるように思えた。

実を言うと、夜明けに六花は肌寒さを感じて目が覚めた。すると龍雅が真剣な眼差しで、窓際のデスクのPCで何やら仕事をしていたのだ。

モニター画面には投資関係のグラフがいくつも表示されていた。眠気に抗えずにそのまま寝入ってしまったのだが、たぶん彼は殆ど寝ていないのではないか。

たぶん、彼が住むこのペントハウスも真っ当な生業で得た賜物なのだろう。

龍雅の性格がだんだんと分ってくる。

だから六花の胸にたちこめる暗雲は、彼が極道であることが原因じゃない。

――そう、お姉ちゃん……。

あなたも龍雅さんに恋をしたのですか？　陽菜は龍雅さんの子供なの？

心の中で最愛の姉に問いかけるも、答えはない。

――酷いよ、お姉ちゃん。

陽菜の父親を誰か教えてくれないまま逝っちゃうなんて。

たった一度でも、龍雅が姉を抱き熱い精を迸らせたのかと思うと、胸の奥が嫉妬で掻き毟られる。

ずっとこんな黒い蟠り抱えたままでは、龍雅さんと一緒に住めないよ……。

このままなし崩し的に、彼に抱かれ続けることはできない。

もしかしたら、陽菜の父親かもしれない人だ。

でも、もし彼が姉の恋人だったなら、陽菜が自分の子かもしれないと気づいてもいいはず。

なのに姉のことに何も触れないのはなぜ？

クラブのママだった姉と極道の、ただの一夜限りの遊びだったの？

龍雅にとっては、とうに忘れられた一夜なのだろうか。

確かに蒼龍會ビルでは、龍雅は六花とも避妊をせずにセックスをした。外に吐精したとはいえ、妊娠の可能性だってある。

――龍雅さんが本当に姉と関わりがあったのか、確かめなくては……。

でも臆病な六花は龍雅に直接、確信を問うことができなかった。

六花を愛撫したその口から、姉を抱いたことがある、と告げられる勇気はない。

いったいどうしたら……？

ふとベッドサイドを見ると、昨夜、さんざん抱かれた生々しい痕跡が無造作に置かれていた。ダストボックスに捨て忘れたものだろう。

口を縛ってある龍の絵柄のコンドームには、たっぷりと白い精液が入っている。

心臓がバクバクした。

どこかのクリニックの待合にあった週刊誌の記事を思い出す。親子関係の特定が遺伝子検査で、書面のやり取りだけで容易にできると読んだ覚えがある。

特に男性の体液では、その特定率がほぼ100%だと書いてあった。

——これがあれば、真実が分かる。

禁断の龍に手を伸ばす。

六花は震える指で昨夜の名残をそっと拾い上げた。

——龍雅さんが私を愛した証拠。それが奇しくも違う証拠になるかもしれない。

彼を欺くような罪悪感を必死で抑えて押し殺す。

六花は震える手でそれをハンカチにそっと包み、自分のバッグに何事もなかったようにしまい込んでいた。

＊　＊　＊　＊　＊

六花がシャワーを浴びて着替えてから階下に降りると、リビングで龍雅と冴島が話し込んでいる。なにやら不穏な空気を漂わせていた。

「あの、おはようございます……」

控えめに声を掛けると、冴島という男がすっと顔をあげ、鋭い視線を無遠慮に突き刺した。

ドキッとして脚が止まった時、龍雅がすぐに近づいてきた。

「六花、不破に朝食の支度をさせているから子供たちと先に食べているといい。俺もシャワーを浴びてくる。それから色々話そう」

裸のままの胸にきゅっと抱きよせられ、頭を撫でられる。

「……うん、わかった」

はふっと息を継いで龍雅の胸から離れ、螺旋階段を上がる彼を見送った。振り返ると、そこにはもう冴島の姿は見えなかった。

そう言えば、さっきの挨拶の返事さえもくれなかった。

なんとなく、六花に対する視線が底冷えしているようにきつく感じる。

——嫌われているのかな？

——それもそうか。

いきなりビルで待ち伏せして、龍雅の家に上がり込んだ、どこぞの女と思っているのかもしれない。

龍雅が気ままに抱いた馬の骨、と思われても仕方がない。

彼がどこまで説明しているのかも分からないし、華の保育園の先生だということも知らないかもしれないのだ。

冴島さんにとっては、ただの不法侵入者よね……。

キッチンに行くと、不破が器用な手つきで卵焼きを焼いていた。

「あ、不破さん、おはようございます。私もお手伝いしますね」

「あ、姐さん、おはようっす。若が朝は和食派なんで、ご飯に豆腐の味噌汁、卵焼きに納豆でどうですか？　あ、シャケの切り身も焼いておきました。もしパン派ならトースト焼いて目玉作ります」

いたれり尽くせりの不破の献身ぶりに苦笑する。

「あ、ううん、和食で全然大丈夫です。ありがとう。すごく美味しそう。不破さんお料理が上手なんですね。私もお味噌汁作りますね」

六花は鍋にお水を入れながら、不破と他愛ない話をした。彼は龍雅や組の色々なことについて教えてくれた。

若頭の龍雅が「関東極道界の次期帝王」と言われていること。政財界、さらに警察にも人脈があることを聞いて驚く。

「実は俺、姐さんと同じ保育士だったんですよ。でも、ある日、園の金が盗まれて、俺の親父がヤクザの構成員だったもんで俺が疑われました。結局、証拠不十分で不問になりましたけど、頭にきてソッコー園を辞めました。むしゃくしゃして、チンピラと喧嘩して半殺しになったところを若に助けてもらったんですよ。だから若には命の恩義があるんです。若に一生ついて行きます」

そう語る不破は、純粋でそして照れくさそうだった。

「そうなんだ……。不破さんは、大変な経験をされたんですね」

「いやいや、それほどでも。あ、姐さんやお嬢さん方もジギリ（命）をかけて守ります。なんでも言いつけてください」

にこにこした顔を向けた不破も、ぴょんっとイヌ耳が出ているみたいで可愛い。

ヤクザって、イヌ系の人が多いのかな？

六花は思わず頬を緩める。

打ち解けた流れで、思い切ってさっきの冴島のことを聞いてみた。

「あの……、さっきここにいた冴島さんって、どういう方なんですか？」

「あ、補佐ですか？　冴島さんは若頭（カシラ）補佐なんです。若の側近中の側近で、秘書みたいなもんですね。俺ら三下の行儀見習いは本当は気軽に話せる存在じゃないんです。俺は若やお嬢さんのお世話をしているので、特別なんです。補佐はいつも冷静なんですが、狂犬って言われてておっかないです。若に害を為すやつらを狂犬のように喰い殺すって怖れられてます」

「――き、狂犬……？」

「あっ、ビビらせてすみません。本当に喰い殺す訳じゃないです。嬲り殺すような感じです」

ぜんぜんフォローにはなっていないが、やっぱり恐ろしい人のようだ。

極道でも不破や龍雅のように、優しく親しみのある一面を皆が持っているわけじゃないのかもしれない。

「でも、姐さんなら怖いものなしですよ。なにせ蒼龍會本家の若頭の大切な人なんですから。若がこんなに女に入れ込むの初めて見ました。実は、若ってずっと女嫌いで有名だったんですよ」

「――女嫌い?」

「なんでも昔、ガキの頃に筆頭顧問に酷いことをされたようで……」

「――不破、お喋りが過ぎるぞ」

少しだけドスの利いたハスキーボイスが聞こえてきた。

龍雅が階段を降り、袖口のカフスボタンを留めながらダイニングに現われる。

すっかり着替えたその姿に、六花は呆然と眼(まなこ)を見開いた。

昨晩の極道から一変、どこから見ても爽やかで若きエリート然としている。

すっきりした明るいライトブルーのシャツに同系色の小さなドット柄のネクタイを合わせ、スラックス姿だった。

さらに、サングラスではなく今度はインテリ風の眼鏡を掛けているから、どこからどう見ても極道とは思えない。

スマートで理知的な、ＩＴ企業のＣＥＯだ。

しかも爽やかさとウッディな匂いが絶妙に調合された、メンズものらしい香水が仄かに香る。

毎朝、華ちゃんを保育園に送り届ける『よつば保育園のプリンスの篁さん』そのものだ。

それでも鼻をくすぐる魅惑的な香りが、極道の龍雅の肌から漂っているのかと思うと、匂いだけで腰砕けになってしまいそうだ。

凛々しさと精悍さ、そして大人の男のフェロモンが駄々洩れだった。

龍雅はキッチンにいるエプロン姿の六花にちらりと切れ長の瞳を流し、ふわりと目を甘く細めて微笑む。

瞬間、六花は硬直したまま、皮膚がぶわりと粟立った。

好きな男に微笑まれて、白鳩が羽ばたくように心臓が舞い上がる。

まるで龍の化身が人となって、地上に舞い降りたようだ。

若々しさと男の生気に満ち溢れている。

「――六花、可愛い。このエプロン脱がしたい……」

龍雅が近づいて六花を背中からぎゅっと抱きしめる。ますます濃厚に香る龍雅の匂いに、朝から脳内が蕩けそうになる。

「――若。その辺にしといてください。俺、昨日寝不足なんです。飯の支度出来てますから、先に食ってってください。俺はお嬢さん方を起こしてきますから」

不破が龍雅の目の前に、よそったご飯のお茶碗をぬっと割り込ませる。

「――オマエな。空気読めよ。大体なんだ、昨日のあのゴムは」

「あ、あれオキモトの新作なんですよ。龍の刺青を背負った若のアレも龍ってカッコよくないですか？」

「バカヤロウ！　――だが、まんざら悪くはなかったぞ。空だからすぐ補充しておけ」

「え？　一晩でもうないんすか？　ＳＤＧｓでちょっとは自制しないと……」

「なにがＳＤＧｓだ。知ったかぶりやがって」

ゴンっと音がするほど不破の頭に拳骨を食らわせる。

「あっ、わ、私、子供たち起こしてきますねっ！」

二人の赤裸々なやり取りにいたたまれず、六花は子供部屋に駆け込んだ。

男の人同士って、どうしてこうもあからさまなのかしら……。心臓に悪い。

六花は広い廊下に逃げ出すと、両手でパンっと頰を軽く叩いて気持ちを切り替える。

子供部屋に入り、ぐっすり寝ている二人を優しく揺り起こした。

すると、二人は揃って大きく、ううーんと伸びをする。

「六花ちゃんおはよ――」

陽菜と華ちゃんは眠い目をこしこしと擦る。

動きがシンクロしていて本当の姉妹のように仲がいい。二人とも、お気に入りのぬいぐるみを抱っこしている。

「あのね、きのう、ふわのおにいちゃんがいっちょにおへやでねんねしてくれたから、こわくなかった」

「はなもこわくなかった。ひなちゃんといっしょだとぜんぜんこわくないの、ね？」

「ね――」

声を揃えてにこにこする様子が、堪らなく可愛い。

「二人ともおはよう。一人でお顔を洗ってお着替えができるかな？　不破さんと朝ご飯を作ったから、皆で一緒に食べよ」

「うん、たべよー」

着替えを終えて、六花たちが手を繋いでダイニングに戻ると、不破の姿は見えなかった。一旦、蒼龍會ビルに戻って龍雅がいいつけた急ぎの用をこなすらしい。

――まさか、コンドームの調達じゃないよね……？

ひとりニマ付いている龍雅に疑念の目を向ける。

「六花の作ったみそ汁は鰹出汁が利いていてうまいな。なんだか精力がつきそうだ」

鼻歌を歌いそうなほどのご機嫌な様子に、六花はますます疑いを募らせる。

子供たちと賑やかな朝食を終えると、後片付けをするために六花が空いた皿に手を伸ばす。すると龍雅がそれを取り上げ食洗器に入れた。

「六花、リビングでゆっくりしてろ。今日は仕事が休みだろ？」

「あ、はい。でも、龍雅さんはお仕事でしょう？」

「いや、今日は六花たちと一日一緒に過ごすよ。このあと海外の支社とオンラインミーティングがあるからその後になるが、華と陽菜ちゃんを連れて雪まつりにでも見に行こうる。

か？　一昨日から始まっているらしい」

　すると雪まつり、という言葉を聞きつけて子供たちが耳をぴょんと立てて駆け寄ってくる。

「わぁ、パパ、はな、ゆきまつりにいきたい！」

「ひなちゃんもいく！　りっかちゃん、つれてってぇ～」

　すると龍雅が、子供たちを纏めてひょいっと抱き上げた。

「よしよし、皆で行こう。ただし、二人とも六花先生の言うことを聞いて、おりこうさんにすること」

　まるで子煩悩な父親にしか見えない。

　六花は苦笑する。

　極道が子供たちを連れて雪まつりなんて、どう考えても似つかわしくない。

　でも、一緒にいることで少しずつ龍雅の新たな一面が分かっていく。

　極道渡世の道を歩む龍雅と、ＩＴ企業ＣＥＯの若きエリートであり、華ちゃんのパパとして奮闘する龍雅。

　どちらの龍雅にも、どうしようもなく惹かれる自分がいた。

「わぁ～。すごいおっきなおしろ！」

陽菜が巨大な雪の城を見て、歓声をあげた。

大通公園にある雪まつり会場は、天気も良いせいか人でごった返していた。

子供たちが迷子にならないよう、龍雅は華と、六花は陽菜と手を繋いでいる。

「六花、ほら、お前も迷子になりそうだ」

龍雅は革の手袋を嵌めた手を差し出し、六花の手をぎゅっと握る。とっても寒いのに、なんだか心がぽかぽかする。

四人で手を繋いで、東西に伸びる公園の雪像をひとつひとつゆっくりと見て行った。だが、人気の雪像付近は、さらに人で混雑している。

背の小さな子供たちは大勢の大人達の足元に隠れて雪像を見られない。

「ぱぱぁ、肩車して～」

華が、ぴょんぴょんと飛び跳ねて龍雅にせがむ。すると龍雅がひょいっと華を抱き上げて肩車をした。

「うわーい、うさポンがよく見える～」

うさポンとは、朝の子供番組で人気のゆるキャラだった。

六花の傍らにいる陽菜を見下ろすと、肩車をされている華を羨ましそうに見上げていた。

実を言うと陽菜は今まで誰にも肩車をされたことがない。肩車をしてくれる父親の存在がなかったからだ。

六花は陽菜の手をぎゅっと握りしめた。

胸が切なくなる。

陽菜にパパがいたら、こんな風に眩しそうな目をさせることはなかったはずなのに。

その時、陽菜がドンっと大人の脚にぶつけられて転びそうになった。

「こっちおいで、陽菜」

六花はペンギンの母親のように、小さな陽菜を自分の足元に引き寄せる。

いつだって、私と陽菜はこうやって寄り添って生きてきた。かつての幼い姉と私のように小さく身を縮こまらせて。

姉も私も陽菜も、父親の愛情を知らない。けれど自分を不憫だと、他人を羨ましいと思ってはいけない。

六花は華ちゃんを肩車している龍雅を見ないようにした。

目頭を熱くしたとき、足元の陽菜の身体がふわっと浮き上がる。

「今度は、陽菜ちゃんの番な」

龍雅はにこりと六花と陽菜に笑いかけると、軽々と陽菜を抱き上げ肩車をした。

「うわぁ～！　たかい、たかい～。うさポンがよく見えるよ、りっかちゃん！」

陽菜が目をキラキラさせ、「きゃー」っとはしゃぎ声をあげた。

しかも頬をピンクに染めて、六花が今まで見たことのないほど、嬉しそうな笑顔を見せている。

六花はぐっと胸が詰まってその光景に泣きそうになる。

龍雅の温かな心配り、陽菜の満面の笑み、そして二人とは正反対の私の羞悪……。

――もしかしたら龍雅が陽菜の本当のパパかもしれないのだ。

彼が陽菜を自分の子供と分け隔てなく扱ってくれる優しさとは裏腹に、複雑な思いが胸に渦巻いた。

もし彼が陽菜の本当のパパだったら、陽菜には父親からの愛情を当然受けるべき権利がある。

――私は莫迦だ。酷い人間だ。

自分のエゴで真相を曖昧にしたまま、答えを引き延ばすわけには行かない。

恋しい龍雅と離れたくなくて、このまま真実を見て見ぬフリをしようとした。でも、それは陽菜を不幸にする。

陽菜は六花の大好きだった姉の大切な忘れ形見なのだ。

もし龍雅が本当の父親であるなら、彼にも陽菜に対する責任を取ってもらう義務がある。

迷っていてはいけない。

そして、もしその時が来たら、自分の恋心を断ち切らなくては――。

六花の心はズタズタに切り裂かれるだろうけれど、陽菜の人生は、父親の愛情に包まれた幸せなものにしてあげたい。

六花は姉の最期を思い出した。

陽菜の父親を問うても彼女は静かに首を振り、涙を浮かべていた。

姉は自分の想いを秘めたまま、ひとり天国に旅立ってしまったのだ。

——大好きだった、たった一人の姉。

その姉が恋した男と自分が幸せになる。そんな未来を描くことは、六花には到底出来ないことだ。


六花の心の内など露知らず、龍雅はいつもの『保育園のプリンスの篁さん』のごとく、明るく紳士的な気遣いを見せていた。

途中、お土産屋さんのテントで雪だるまのスノードームを見たり、飲食店のテントでは、皆で温かなココアを飲んだりした。

子供たちはチョコレートのまぶされた焼きマシュマロを龍雅にせがんで買ってもらうと、美味しそうにその串を手に持って頬張っている。

「ほら、六花も」

振り返りざまに龍雅に焼きマシュマロを口にすぽっと入れられる。

「——もうっ」

「チョコが付いてる」

唐突に龍雅の顔が近づき、薄く開けた唇にちゅっと唇を重ねられ、ぺろっと舐められた。

不意打ちのようなキスに驚きで固まってしまう。

幸い子供たちは、マシュマロを頬張っていて気が付いていない。

「美味かった。御馳走さん」

龍雅はぷにっと六花の頬を軽くつねって、切れ長の瞳を揺らす。

――ダメなのに。

六花は心を熱くする。

これ以上、好きな気持ちが増えてしまっては困るのだ。

龍雅は子供たちも揶揄い、手に持つ焼きマシュマロを一口食べようとする。すると子供たちが龍雅から逃げ回る。

その光景は、父親と子供たちが仲良くはしゃいでいるようにしか見えない。三人は顔立ちがとてもよく似ていた。

六花はその光景から目を逸らして、残像さえも消し去るようにきゅっと目を瞑る。

心臓がやけに大きく、他人のもののようにドキンドキンと無情な時を刻む。

運命のカウントダウンはすぐそこまで来ているのだ。


ココアと焼きマシュマロで子供たちのお腹を満足させた後、さらにせがまれるまま、大通り公園の中ほどまで移動した。

そこには小さな子供達に大人気の雪の滑り台があるからだ。

華と陽菜は列に並んで、何度も滑り台を滑り下りては楽しんでいる。そんな二人を龍雅と近くで見守っていた。

「パパ、りっかちゃーん、いまからすべるからみてー！」

二人が手を大きく振りながらきゃーっと歓声をあげて滑り降りる。

周りからはきっと姉妹だと思われるだろう。

二人でいると、より立ち振る舞いや目鼻立ちがよく似ていて、六花は確信を深めていく。

「六花、寒いだろ？　おいで」

「あ……」

冬でも外遊びが大好きな子供とは違い、すっかり身体の芯まで冷えた六花はぶるっと身を震わせた。

そんな六花に気が付いて、龍雅が自分のコートの中に引き寄せる。温かなカシミアにすっぽりと包み込まれた。

彼の体温を感じ、冷えた身体の奥にたちまち熱が迸る。

だが、今の六花には龍雅の優しさが心と身体に毒のように沁み入ってくる。

「――なぁ、六花。ずっと浮かない顔をしていたよな。何を迷っているのか知らないが、俺の気持ちは変わらない。お前が凍えている時には俺の身体で温めたい。お前が悲しいときには、涙を拭ってやりたい。こうしていつでもお前が安心するように抱いていたい」

頬に触れた彼の胸から伝わる温もりと、その揺るぎない鼓動がこの上なく愛おしい。

六花は泣きたい気持ちになった。

いっとき、その広い胸に身体を預ける。

今この時だけの目も眩みそうな幸福感で一杯になる。

こんな言葉を聞かされたら、ついさっきした決心が泡雪のように消えてなくなってしまいそうだ。

だが皮肉にも龍雅の鼓動は、六花に残された時間のカウントダウンのように規則正しく耳に響く。

忘れるな、忘れるなと、六花を現実に引き戻す。

いつの間にか粉雪が舞い降りてきた。

「あ……雪……」

六花は手のひらで溶けて消える雪の結晶を心の中であざ笑う。

私の恋心も、この雪の結晶のように、消えて溶けて無になってしまえばいいのに。


「華も陽菜ちゃんもぐっすりだな。よっぽど楽しかったんだろう」

子供たちがはしゃいで雪まつりを堪能した後、四人は近くのレストランで食事をした。

思い切り遊んで楽しんでお腹いっぱいになった子供たちは、温かな車に乗り込んだ途端、ぐっすりと寝てしまう。

「うん、今日はありがとう。子供たちを楽しませてくれて」

「六花も楽しませたかったんだけどな」

隣でハンドルを握る龍雅に真顔で言われて、六花は言葉に詰まった。すると龍雅がハンドルを握っていない方の手で、六花の手を握りしめる。

酷く熱くて、酷く優しい感触だ。

「さぁ、どっちに帰ろうか。俺の家と六花の家」

六花はびくっと手を震わせると、きゅっと握り返される。

「俺の気持ちはさっき伝えた。でも無理強いはしたくない。俺は極道渡世の道にいる。だから六花が迷う気持ちも分かる。だが、六花と陽菜ちゃんのことは何があっても守る。だからこの先、俺と一緒に住むことを考えて欲しい」

心が破裂しそうだ。

聞かなきゃ。言わなきゃ。

あなたは姉の、天羽透子の恋人だったの？　と——。

だが唇から出たのは別の言葉だった。

「す、少しだけ考えさせてほしいの……。明日は保育園の仕事もあるし、一人になって自分の気持ちに答えを出したいから」

すると龍雅は静かに嘆息した。

「——ん、分った。じゃ、ひとまず今日は君の家に送るよ。ああ、それとこれ」

ポケットから丸いものを握りしめて、龍雅が六花の手のひらに置く。

粉雪が舞い落ちる、雪だるまのスノードームだった。

大きい雪だるまとひと回り小さな雪だるまが、寄り添い合っている。

「さっき、手に取ってじっと見ていたろ。今日の記念に」

幻想的な雪が、キラキラと舞い落ちる。

六花は両手で大切そうにそのスノードームを握りしめた。

「……ありがとう」

いつか思い出すだろうか。

このスノードームを見て、龍雅さんと刻んだ楽しい思い出を。

自宅まで送ってもらうと、六花は車を折り返す龍雅に呼び留められる。

「心を決めたら、いつでも陽菜ちゃんと二人、身ひとつでおいで」

運転席のウィンドウから渡されたのは、龍雅のペントハウスのカードキーだった。まるで忘れ物を渡すようにぽんっと差し出された。

「こ……れ」

「往生際が悪いかもしれないが、俺の心の平安のために持っていて欲しい。陽菜ちゃんと来てくれると信じてる」

龍雅は強引に六花にカードキーを握らせると、また明日連絡するといって、アクセルを踏み込んだ。

そんな二人の跡をこっそりと遠くからつける車があった。

「こらオモロイワ、あの小僧があそこまで女にのぼせ上がるとはな」

黒塗りのベントレーの中で、ダブルスーツの男がシガーをふかす。

その腕には、ダイヤとゴールドの腕時計が目に毒なほどギラギラと輝いていた。

「あの姉ちゃんもかなりの上玉やな。エエこと思いついたで。あの小僧が悔しがる姿が楽しみや」

男は龍の模様の刻まれた灰皿に、シガーをぎゅっと押し付けた。

四ノ章「智」　騙し、裏切り、極道は極道

「姐さん、おはようございま――す！　迎えに来やしたっ！」

翌朝、六花の家に四人の男たちが二台の車に分乗して迎えに来た。四人とも柔道や空手、ラグビー経験があるのではないかと思うくらい体格がいい。

ムスッとして無口そうな人もいれば、明るく笑顔をよこす者もいる。だが六花は驚きで目をぱちくりさせる。

「――なっ、どういうことですか？」

ちょうど陽菜を連れて保育に出勤するため、六花は玄関扉を開けたところだ。

「どうもこうも、若頭（カシラ）から聞いてませんか？　俺たち姐さんと陽菜お嬢さんの護衛っす」

ささ、どうぞと後部座席のドアを恭しく開ける。

「ちょっと待って。いきなりそんなことをされても困ります。龍雅さんからは何も……」

と言いかけた所で、六花のスマートフォンが鳴った。着信を見ると龍雅からだ。

「六花、おはよう。よく眠れた？　俺は昨夜（ゆうべ）は六花がいなかったから一人でヌくしかなかったけど」

六花は呆れ果てる。この人は朝から何を言っているんだろう。

「龍雅さんっ……なんかおかしな人たちが護衛だと言って家に来ているんですが」

「ああ、そうそう。そのことだけど、六花と陽菜ちゃんを全力で守るって言ったよな。本当は俺が自ら送迎したいんだが、野暮用でいま空港なんだ。東京に二、三日滞在してから帰る。お土産は何がいい？　結婚指輪にしようか」

「ふざけないでくださいっ。あの、ほんとに困ります」

「ふざけてないよ。君がそこの家に住むなら、当然護衛は付ける。24時間365日ね。もう六花の家の周りに監視カメラは取り付けた。不審者がうろつけば俺や警護の者に通知されるシステムだから安心だ」

まさかと思って家の周囲を見回すと、庭周辺の木や家の屋根の至る所に、監視カメラが設置されていた。

ウィーン、ウィーンとハイテク小型カメラが全方向に向かって動いている。

六花はあんぐりと口を開ける。

「そもそも、そんな辺鄙な山の中に住んでて、不審な男やクマが出たらどうするんだ。それにまた大雪にでもなったら、俺が気が気じゃなくて夜も寝られないだろ。もちろんカメラだけじゃなく、すぐに駆け付けられるよう別の護衛も近くに配備させているから」

「――っ、クマだなんてひどい。そんなに山の中じゃありませんっ。ほんとうに大丈夫で……」

「いや、そこ実際ヒグマが出るだろ。──っと悪い、もう離陸する。じゃ、また電話するよ」

六花が抗議している途中で、ぷつっと電話が切れた。

「りっかちゃん、ちこくしちゃうよ？」

六花の困った様子を面白がるように、手をつないだ陽菜がニマニマと笑っている。

──もうっ。いつも強引すぎるのよ。

六花はその男たちに護衛は不要で、自分の車で通勤するから帰ってほしいと伝えたが、全く聞く耳をもたない。

「姐さんの護衛が仕事っすから。このまま帰ったらぼこぼこにヤキいれられちまうんで」

いくら龍雅さんの指示でも、大事な姪をよく知らない人の車に乗せられないと言い張ると、ようやく譲歩してくれた。

「じゃあ、俺ら姐さんの車の前後で護衛しますね」

「勝手にしてください。でも、ついてくるなら保育園の近くまでにして。物々しい感じで保育園にまで付いてこられると困りますから」

「了解っす。じゃあ近くまで行って、姐さん達が無事に保育園に入るのを確認しやす」

「──好きにしてくださいっ」

だが断固拒否しなかったのがまずかった。

すっかり快諾をもらったと勘違いしたのか、帰りも翌日もその次の日も、六花が出かけるところ全てに、ぴたりと護衛が張り付く。仕事帰りにスーパーに寄った時も例外ではない。

龍雅のスマートフォンに迷惑だとメッセージを送信するも、六花たちを守るためだから、護衛を空気だと思って気にしないでと返信がある。

だが、いくらなんでも過保護すぎではないか。

気になってバックミラーにちらりと目を走らせる。すると護衛がすぐさま反応し、ニカっと笑って手を振り返された。

「もう、なんなの……」

護衛が付いてからちょうど三日後の夜、保育園での仕事を終えた後、姉のクラブ「Snow White」の託児所に顔を出すことになった。今日はクラブに常連さんの貸し切りが入ったため、ホステスが多く出勤していて託児所の手が足りず、六花も手伝うことになったのだ。

だが、そこにも護衛がぴったり張り付いてくる。

ビルの中にまで入ってこようとしたため、六花はその四人に向き直った。

「――ここから先はダメっ！　このビルはクラブの会員しか入れないんです」

「でも姐さんと陽菜さんを……」

「このビルの中は不審者は入れませんし、安全ですから」

彼らをなんとかビルの前で制止する。姉の遺したクラブは会員制のいわゆる高級クラブで、このビルの中にある。オートロックの為、インターホンで黒服が開錠しないと入れない。

　酔っぱらった一見（げん）客が呑みなおそうと思っても、ふらりとが立ち寄ることができないシステムだ。

　エントランス内に入った六花が振り返ると、四人はしょんぼりしてビルの入口付近でうろうろしている。中に入るのは諦めて、入口で忠犬のごとく待つことにしたらしい。

　――やっぱりあの人たちもワンコみたい。

　なんだかちょっと可哀そうになり、あとでおにぎりでも差し入れしようと眉尻をちょっと下げる。

「お疲れ様です！　お手伝いに来ました」

　陽菜とともに託児所のドアを開けると、シングルママの美人ホステス菫（すみれ）さんとすれ違う。

　スレンダーだけど、ナイスバディのお姉さんだ。

「六花ちゃん、うちの子、よろしくね。それにしても六花ちゃんもホステスになればいいのに。ほら、うちの店、美人が多いでしょ。六花ちゃんも綺麗だからヘルプで席についてくれると、私のお客さん喜びそう」

「ふふ、菫さんお上手。お子さん確かに預かりますね。お仕事頑張ってください」

　いつも六花は菫さんや黒服にホステスの勧誘をされるのだが、この保育士の仕事が気に入っている。陰ながら働くママさんやパパさんの力になりたいし、なにより子供が好きだから。

クラブがオープンすると、今日は子供たちがいつもより大勢いて賑やかだ。小さい子が多いため、六花たちはぐずる子をあやしたりと天手古舞だ。

ようやく子供たちが眠りについたとき、姉のクラブの黒服が血相を変えて飛び込んできた。

「六花さん、大変なことが……。蓉子ママが六花さんを今すぐ呼んでほしいと」

「——？　何かあったんですか」

「とにかく来れば分りますから」

訳が分からず黒服の後をついて「Snow White」に足を踏み入れた。すると店内はいつもとは違う異様な空気に包まれていた。

明らかにヤクザだと分かるガラの悪い一団が、まるで店を占拠するように居座っている。

本当にお金を払う気があるのか、かなり高いボトルを次々に入れ、あちこちの席でホステスたちを侍らせ、中にはセクハラまがいのことをしている人もいる。

今日は常連さんの貸し切りではなかったのか。

「今日の貸し切り、蓋を開けてみればヤクザだったんですよ。常連客の名義を使って予約していたんです。で、そのヤクザのお偉いさんが六花さんを指名していて」

黒服が顔を青くさせながら、こそこそと六花に耳打ちした。

姉のクラブ、「Snow White」は、ヤクザとは無関係の健全な店だ。それが何でこんなことに……。しかもなぜホステスでもない、自分を指名したのだろう。

ヤクザと聞いて龍雅が思い浮かぶ。

もしかして龍雅さんの関係者？　だから私の名前を知っているの？

ママとして客あしらいに手慣れている蓉子さんも、これだけのヤクザに店を占領されて顔が引き攣っている。

「六花さん、お願いです。ママを助けるためにも今日だけ、ヘルプでママの席についてくれませんか？」

こういう時は下手に神経を逆なでせず、上手くやり過ごせば最小限の被害で済む。お店をメチャメチャにされては営業ができない。

六花はコクっと頷いて、菫さんに軽いメイクとドレス選びをしてもらう。胸の括れたホステスのロングドレスに着替え、意を決して店のフロアに出る。

蓉子ママの隣には、オールバックで色の薄いサングラスをかけた男がいた。ソファーの背にもたれ、胸を逸らして尊大な態度で座っている。

光沢のあるダブルのスーツに身を包み、片手にシガーを、もう片方の手にはウイスキーのグラスが揺れていた。

いかにもそのスジの者であるという横柄な風体だ。

蓉子ママが六花を見て、少しだけほっとしたような顔を見せる。

「おお、ようやっとお待ちかねのホステスが来よった。ねーちゃん、まぁ、こっちに座れや」

男は関西弁混じりだった。フロアに現われた六花を手招きし、隣に座るように手で指示する。だが六花はにっこりと断った。

「こんばんは。私、今日だけのヘルプなんです。経験のあるお姉さんたちを差し置いて、大事なお客様に粗相があってはいけませんから、勉強のためにママの隣に座りますね」

その男とは反対側の蓉子ママの隣に座る。だが、六花の言葉を逆手に取られた。

「経験がないなら、経験豊富な俺が仕込んでやろか。ええからこっちに座らんかい」

六花はいっとき逡巡（しゅんじゅん）したが、怒りを抑えるように静かに深呼吸した。そのまま無言でママと席を入れ替わる。

こういう居丈高な男は嫌悪している。だからといって沸点が低そうな男の湯をわざわざ沸かすこともない。暴れて店を壊されてはこっちが困る。

男からは龍雅とは全く違う動物臭いきつめの香水の匂いがして、鼻が曲がりそうになる。

「ほう、近くに来たらええ匂いがするなぁ……。なぁ、天羽六花さん？」

「なんで、私の名前を……？」

「なにを隠そ、俺は龍雅の叔父貴なんや。ああ、叔父貴と言うても血のつながりはないがな。先代総長とは兄弟盃（きょうだいさかずき）を酌み交わした間柄でね。どや、龍雅のあっちのテクは凄いやろ？　ワイが直々に仕込んだんださかい」

六花は気持ちの悪いセクハラまがいの言葉に、下唇を噛んで頬を赤くする。この男はどうやら龍雅と同じ蒼龍會の一員で、しかも関係が深いらしい。それなのに、なぜか龍雅を侮辱している気がして、顔に怒りの色が現われそうになる。

人を小馬鹿にしているような薄ら笑いに、目の前にあったグラスを浴びせかけてしまいそうだ。

「来栖社長、だめですよ。お店の女の子のプライベートに踏み込んじゃ。モラル違反です」

蓉子ママも毅然とした声で折伏（しゃくぶく）しようとしたが、その来栖という男は収まりがつかないらしい。

「龍雅が中坊の時から女を教えこんだのもこの俺よ。あいつのデカマラ、もう味見しおったんか？　たいていの女はあいつの下半身で陥落するからな。ウチの組織ではスケコマシの龍で有名なんじゃ、なぁお前ら？　いや、これは男としての誉め言葉よ」

また龍雅を嘲るように、周りの取り巻きと大声で笑う。

周りに屯（たむろ）しているのは来栖の手下なのか、「筆頭顧問の言うとおりで」と、腹を抱えて笑っている。

六花は怒りで胸が一杯になり、膝の上で握りしめた拳をブルブルと震わせた。

同じヤクザでも龍雅とは全く違う。下品で汚らわしい。

いや、そもそも龍雅が特別なのだ。

その男の手が六花の太腿に伸びてきて、ぞわっと鳥肌が立った。

「龍雅が夢中になるなら、さぞアッチも極上なんだろうなぁ」

「止めてください」

もう甘い顔などしていられない。六花はその手を汚いものでも払うかのようにオシボリで振り払う。

「こら手厳しいな。なぁ、ねーちゃんのアワビ、俺にも味見させてくれへんか？　モチロン、タダやないで。今夜一晩、これでどや？」

おぞましいことを平然と言って、その男が指を一本立てる。

来栖が近くにいた男に目配せすると、その男が心得たように懐からさっと札束を見せた。指一本が百万ということなのだろう。

来栖が百万を取り上げ、六花の目の前でちらちらさせる。

「一晩にしては、悪くないやろ？　龍雅のお手付きなら、わざわざ仕込まなくてもあそこの塩梅もよさそうや」

これには六花も堪忍袋の緒が切れそうだった。蓉子ママも驚いてそれはいけませんと注意してくれているが、来栖は六花を侮辱しているようでいて、その実、龍雅を貶めている。

それがこの男の本当の目的のような気がした。

龍雅への憂さ晴らしのために、このクラブを貸切り、六花が龍雅の女だと分った上で当てつけているのだろう。

本人のいないところで貶めるなんて、同じ極道でも最低な奴だ。

「ええやろ？」と札束を見せつける来栖の驕慢な態度に、六花は我慢の限界を超えた。

とうとう目の前のお酒の入ったグラスを持ち上げてすくっと立ち上がり、来栖に向き直る。

この男にグラスの中身をぶちまけてやる。

馬鹿にされたのが六花だけだったなら何とか我慢ができただろう。でも六花が生まれて初めて惚れた男、自分の純潔を捧げた龍雅を侮辱されては黙っていられない。

意を決してグラスを来栖の頭上に傾けた時、その手を不意にぐっと制止するように握られた。

「――叔父貴、だいぶ酔ってますね」

刺すようなドスの利いた声がすぐ耳元で響く。

六花たちが座しているソファーのすぐ背後から、シックなダークスーツに身を包んだ龍雅が、ぞっとするような笑みを来栖に向けた。

「りゅ、龍雅さん……」

――どうして？　東京にいるのではなかったの？

龍雅は六花からグラスをすっと取り上げると、フロアのあちこちに屯しているヤクザの一団をジロッと睥睨（へいげい）する。

さっきのお祭り騒ぎから一変、今まで笑い転げていた男たちの顔色がさっと青く変わる。蒼龍會本家の若頭の登場に、目線を逸らしたり、気まずそうに下を向く。

「叔父貴、俺の話で楽しそうに盛り上がっていたようですが――。残念ながらこの店は健全な店だ。カタギの商売に迷惑がかかるから出て行ってもらえますか？　蒼龍會（ウチ）のモットーでもありますし」

龍雅は来栖の腕をぐいっと掴んで立ち上がらせた。

「おいおい、いてぇな。叔父貴に対して無礼やろが。ちょっとここで一杯飲もかと思っただけや。まったく昔から遊び心のないやっちゃ。その可愛いお姉ちゃんと、今、仕事の話をしとってんで。なぁ龍雅、どや。そのお姉ちゃんを、今晩俺の泊っとる宿に来させてくれや。露天風呂で一緒に雪見酒でも飲もかと思うてな」

すると龍雅の目つきが威圧的な鋭い光を放つ。鳥肌が立つほど顔中に殺気を漲らせていて背筋が冷えた。

「――こいつは俺の女なので。こいつに手を出した奴は、身内だろうが関係ない。殺りますよ」

龍雅の眼光が脅しじゃないことを物語っている。無表情だがゆるぎない。心の内では青白い心火が燃えているようだ。まさに一色触発の状態だ。

するとその迫力に気圧されたのか、来栖の顔がさっと青ざめ一瞬怯む。

だが絶妙なタイミングで、龍雅の右腕の冴島が二人の間に割って入った。

「この店には筆頭顧問の好物の酒の肴が置いていないようですね。近くの料亭に綺麗どころの酒肴を用意しましたんでそちらに行きましょうや。カタギの店に迷惑をかけてデコ助にアミを掛けられても困りますし」

痛くない肚、サツに探られても困るでしょ？　と来栖に耳打ちする。

「お前ら、筆頭顧問がお帰りだ。外に迎えの車を用意している。ご案内しろ！　ぐずぐずするな！」

来栖に有無を言わせずに、冴島がフロアのヤクザ衆を喝破（かっぱ）する。

すると店内を占拠していたヤクザたちが一斉に立ち上がり、渋る来栖を店の外に連れ出した。

残っているのは、龍雅の側近らしきダークスーツに身を包んだ長身の男たちだけ。

蓉子ママや店内のホステスと黒服も、ようやくほっと胸をなで下ろす。

「――あなたが、ここのクラブのママですね。申し訳ありません。蒼龍會の篁と申します。蒼龍會（ウチ）の者（モン）が今夜ここを貸切ったそうで。迷惑料を色を付けてお支払いします」

龍雅がすっと名刺を差し出すと、蓉子ママは首を振った。

「いえ、いいのよ。それより……、あっ、六花ちゃん！」

六花はへなへなと床に尻もちをついた。

大きく胸の開いたホステスのドレスを着て、ぺたりと床に座り込んでいる。

こんなぴったりしたドレスも高いヒールを履いたのも生まれて初めてだ。なにより自分がホステスとしてヤクザと同席しただなんて現実とは思えない。

悪夢から目覚めたように、気が抜けてしまった。

すると龍雅がしゃがみ込んで、六花の顔を覗き込みながら頭をぽんぽんと撫でた。

「――ありがとな。俺のためにあのヤロウにグラスの酒を浴びせようとしたんだろう？」

「龍雅さん……」

――怖かった。でも、どうしても許せなくて。

龍雅が来なかったら、きっと来栖にグラスの酒をぶちまけていた。そうなったらこの店に因縁をつけられ、クラブのホステスも来栖らの手下によって嫌がらせの被害にあっていたかもしれないのだ。

「冴島、あとの処理（ケリ）、頼んだぞ」

六花は未だに足がすくんで立ち上がれる気配はない。すると龍雅がお姫様抱っこで抱き上げしっかりとその身体を胸に収めた。

六花は慌てて龍雅の首に手を回す。

「りゅ、龍雅さん……？」

龍雅の粋な応対ぶりに店のホステスや黒服からほうっと溜息が零れた。

――六花ちゃんの彼氏なの？　めちゃイケメン！　一体何者？　などとコソコソ盛り上がっている。

「あの、大丈夫です。お、降ろして」

「腰、ヌけてんだろ」

ぶっきらぼうだが、その声は甘さを滲ませている。六花を見下ろし、切れ長の眦（まなじり）を柔らかく下げた。

男気があるのに艶麗な龍雅に惚れ惚れし、心の中がなんだか擽ったい。

いったいどれだけフェロモン度数が高いのだろう。

龍雅が六花を抱いたまま踵を返すと、六花の下ろした髪の毛がふわりと揺れた。

しかも今はホステスのドレスを借りているから、抱き上げられると胸の谷間が際立ってしまい恥ずかしい。

「あの、着替えなきゃ。どこに行くの？」

「もちろんお前を抱ける所だ。奴の汚らわしい匂いを今すぐ俺で消し去りたいからな。すぐに脱ぐんだから着替える必要もない」

龍雅は貪るような瞳を六花に向け、鼓膜を愛撫するように囁いた。

店を出て龍雅に連れてこられたのは、繁華街からさほど遠くないホテルだった。ペントハウスに戻るかと思いきや、子供たちがいるからすぐにセックス出来ないだろと一蹴される。

唇を尖らせようとしたものの、龍雅から早くお前が欲しいんだよと声を熱くして囁かれ、二の句を継げなくなる。

「りゅ、龍雅さん、ここ、ラブホテル――？」

「たまにはいいだろ。蒼龍會（そうりゅうかいち）のモンだ」

よほど切羽詰まっていたのか、すぐ近くにある龍雅の組が経営しているラブホテルに連れ込まれてしまう。

部屋は広々としてゴージャスだが、キングサイズのベッドの向こうには夜景を見下ろしながらゆうに五人は入れそうな、流行りのブロアバスも完備されていた。

鏡があちこちにあり、まさにザ・ラブホテルだ。

あからさまなシチュエーションに戸惑っていると、龍雅が六花の額に自分の額をコツ……と重ね合わせた。

「お前、俺にはもったいないぐらいイイ女だよ。六花が俺のために来栖にグラスをぶちまけそうになったのを見て、惚れ惚れした」

「だって、どうしても腹が立って」

「六花の怒った顔もレアで可愛かった」

頬を両手で包み、親指で愛撫するように甘く撫でてから、頤(オトガイ)を掬い上げる。

「好きだよ、六花。ご褒美だ」

「ンッ……、んぅ……」

しっとりとした熱を唇に感じ、たちまち心が無条件に舞い上がった。

たった三日間離れていただけなのに、久しぶりの彼の匂いや舌の感触に、胸がきゅんと引き攣られる。

唇を擦り合わせ、舌を甘く捏ねられただけで、恋慕が溢れて溺れそうだ。

こんなにも龍雅のことが好きで好きで堪らない。

初めてを龍雅に捧げ、心も身体も龍雅の色に染められた。龍雅とともにいることが、六花にとって一番自然な形に思えてくる。

龍雅がいなくなったら、私、どうしたらいいんだろう？　どうすればいいの……。

「抱いていいか？　お前の甘い味でもうガチガチだ」

唇を貪りながらスーツを器用に脱ぎ捨て、分かるだろ？　と言わんばかりに六花の下腹にクイクイと腰を押し付けてくる。まるで発情したワンコのようだ。

すると六花は唐突に龍雅をドンッと押す。思いがけない反撃に、半裸でベッドに尻もちをついた龍雅は目を白黒させた。

「六花――？　いったい……」

「い、いつも龍雅さんにされてばかりなので、私からも龍雅さんを愛させてください」

六花は頬に朱を注ぐ思いで、龍雅の脚の間に膝をつく。

いつも彼に蕩けさせられてばかりだから、今度ばかりは自分で蕩けさせたい。

「――そんなこと言って、フェラもしたことがないくせに」

「だ、大丈夫です。龍雅さんとなら口でもなんでも、で、できます……」

「なら、ご褒美にその可愛い胸で挟んで先っぽ吸ってくれる？」

ぎょっとして龍雅を見上げると、いつものように切れ長の瞳を甘く揺らす。冗談のようでいて、その目は真剣だ。

六花はしまったと思った。

引くと見せかけて無理難題を押してくるのがヤクザの常套手段だと聞いたことがある。

だが鼻息だけはしっかりと荒い龍雅に、たちまちドレスの胸元を露にされる。いつの間にかすっかり彼の勃ちあがった肉棒を自分の乳房に挟み挟みこまれていた。

「――くぅ。極上の感触だ。いつシんでもいいぐらいだ」

龍雅は巨大なイチモツを六花のたっぷりした乳房のあわいに差し挿れ、淫猥に腰を前後させた。

柔らかな乳房に包まれ、見事なほど固く反り上がった猛々しい怒張。

ぬちぬちと熱い塊が乳白色の乳房の間で生き物のように這う。

ぬっと押し込められると、赤黒い肉幹や卑猥な亀頭が、ソレを挟み込んでいる胸元から勢いよく飛び出してくる。

「――っ、六花、舌だして。亀頭を舐めたり吸ったりしてごらん」

龍雅の切望に近い掠れ声に、それまで両の乳房を手で押さえて挟みこんでいただけの六花はこくんと頷き、舌を伸ばして言われたとおりにする。

唾液がとろりと滴り、さらに滑りが良くなった。

最初はおそるおそる龍雅のそれを絡めるように舌先で愛撫する。張り出した卑猥なエラが胸を擽る感触が伝わり、たちまち脳芯が甘く痺れて体温が熱くなった。

コツを摑んでくると、龍雅が腰を突き出したタイミングで大きく飛び出した亀頭を丸ごと口に含んでみる。

「うく……っ、んんぅ……」

雄くさい欲望が口内を埋め尽くすようにみっちりと押し挿(い)ってきた。六花には途方もなく大きく感じられ驚嘆する。

こんなに大きなもので、いつも数えきれないぐらい奥を突かれているのかと思うと、さらに貪欲になった。

長い肉竿がぬちりと突き上がるたび、まるく口に含んで吸い上げ、抜け出るそれを舌で追いかける。

熱くて太くて、愛おしい。

大きく反り上がるように突かれて、口の中を龍雅で満たされる。固い肉芯が胸の鳩尾を何度も擦り上げる。初めての淫らな経験に得もいわれぬ甘い快感が拡がっていく。

「俺が喰われてるみたいだ。——ッ堪らない」

龍雅は浅い呼吸を繰り返し、腰を揮いながら獣のような視線を六花に降り注ぐ。

雄を昂らせる雌猫を見定めているようで、その姿に陶酔さえ覚える。

フェロモンを撒き散らしながら腰をくり出す。龍雅の凄艶(せいえん)な色香に、欲情を掻き立てられる。

そのうち抽挿が激しくなり、怒張の質量がさらに増す。生き物のように蠢く屹立が、明らかに吐精を兆し淫猥に脈打った。

「く、六花、その可愛い舌に——」

言い終わらないうちに龍雅がうっと苦し気に眉を寄せ、六花の口元に巨大に膨れた亀頭を寄せた。

あっと思ったときには、大量の白濁が六花の小さな舌に勢いよくビュっと注ぎ込まれる。つーんとした雄の匂いが六花の鼻孔を抜けて脳芯に充満してくらくらする。

——舌が灼けそうなほど熱くて……苦い。

それでも龍雅を気持ちよくできたことが嬉しい。

まだなお汗を滴らせて快楽を迸らせている彼を見上げる。愉悦に薄く目を閉じ、逞しい腹筋をビクビクと戦慄かせている。

眉を寄せながら狂おし気に息を荒げる姿に、艶然とした雄の美貌が漂う。

初めて目の当たりにした男の吐精の姿に、六花の劣情が掻き立てられた。

——龍雅さんを愛している。

彼はこの地上の創造物の中で、堪らなく厭らしく堪らなく素敵だ。龍雅との情事は酷く淫猥だが、それを知らなかった頃の自分が、まるで色褪せたもののように感じてしまう。

心も身体も愛する人に捧げ、愛する人から満たされる幸せ。

六花は胸が熱くなる。

彼が六花への想いを迸らせているように、龍雅への恋慕が制御できないほど身体中を駆け巡っている。

彼をただ愛おしいと思うだけで、他には何もいらない。

六花の心が幸福で満ち溢れる。

口淫で大きな快楽を得たのか、龍雅はいつにも増して吐精が長かった。

はっ――と、息をついた頃には、六花の舌や口は大量の精で溢れんばかりになっていた。

「――悪い、あんまり気持ちが良くて止まらなかった。六花、俺の手に吐き出して」

だが、まだ目の前にある屹立の先端には、精の雫がとろりと滴りそうなほど残っている。

すると六花は誘われるように雄の匂いを発する屹立に舌先を伸ばす。

精の雫を掬い取り、龍雅の亀頭を口内に咥えんだ。口の中に溢れる白濁ごとその残滓を搾り取るように、亀頭を愛撫しながらごくりと喉を鳴らして呑み込む。

どろりとした白濁が喉を淫靡に伝い降り、龍雅の味を存分に堪能する。

「――く、六花っ」

ビクンビクンと龍雅の身体が揺れた。

六花は構わず、肉幹に流れ落ちた白濁も舌先で綺麗に舐めとる。キュッと押しあがった陰嚢を大事そうに両手で掲げ持った。太い根元から反り上がる芯にそって舐め上げれば、たちまち雄の欲望が固く猛々しさを取り戻す。

「っ、さらに責めるとか……悪い子だな」

まるで褒めているような口調に六花の欲は冷めやらない。

――どうしちゃったんだろう。もっともっと龍雅さんが欲しい。

さらにそれを咥えようとしたとき、唐突に抱き上げられる。

「ひゃ……？」

キングサイズのふかふかのベッドの上にぽんと仰向けに放り投げられた。

「りゅ、龍雅さん――？」

「ったく、一体どこでそんな知識を得たんだか。フェラが初めてのお前に二度も口でイかされたら漢（オトコ）が廃（すた）る。六花を天国に連れていってからだ」

太腿をぐいと割り広げられ、ショーツを剝ぎ取る時間も惜しむように横にずらされて、太竿をずぷと呑み込まされた。

たっぷり潤っている蜜壺は、悦びに身悶えながら雄茎を咥えこんでいく。

「ひぁ、あぁっ、りゅうがさん、深いっ……あぁぁん……っ」

「――最高……」

その夜二人は、互いに愛する人を求めて、獣のごとく交わり合った。

* * * *

「姐さん、おはようっす！」

六花が龍雅のペントハウスに居を移して一週間、毎朝、不破が子供たちの世話係兼、六花の手伝いとしてやってくる。

「若はもう出ましたんで？」

「うん、さっき出たところ。今日は朝早くから忙しいみたい。会社の新規事業の立ち上げとか、あとは蒼龍會の支部の幹部執行会があって遅くなるんですって」

龍雅は経営者と極道の若頭という二足の草鞋を履いている。ものすごく多忙なのに、欠かさず毎朝、保育園に華を送りに来ていたことに感心する。

「今まで子供を自分で送り迎えしていたのすごい……」

六花の心の声が漏れてしまった。すると不破がニマっと笑う。

「——若、姐さんに会いたくて、毎朝なんとか時間を作ってましたからね」

それが本当なら嬉しい。

なにより、六花はあのクラブ事件のあった夜、龍雅と心から結ばれた気がして幸せだった。

龍雅さんを信じよう。

彼がもし姉の恋人だったなら、六花にそのことを必ず伝えるはずだ。極道だけど、真っすぐで男気がある。

六花は龍雅を信頼して同棲生活に踏み切ったのだ。

引っ越しや住所変更などの手続きがあるため、保育園の仕事は一週間ほどお休みをもらっている。

クラブ事件——六花はそう呼んでいるが、蒼龍會の筆頭顧問である来栖が姉のクラブ「Snow White」を占拠して嫌がらせをした出来事の後、龍雅と話し合い、彼のペントハウスで陽菜とともに暮らすことに承諾した。

万が一にも、来栖のせいで陽菜に危険があっては困るからだ。

「実は今、本家の幹部会でも筆頭顧問のことでちょっと困ったことになっているらしく……」

不破の言葉の歯切れが悪くなった。

「どういうこと？」

「姐さんにこんな話していいんすかね……」

「もちろん、龍雅さんのことは何でも知っておきたいの」

不破から聞きだしたところ、筆頭顧問というのは、ヤクザ組織の中での役職のようなもので、蒼龍會では若頭の龍雅に次いでナンバースリーに位置しているという。

上納金（シノギ）は大したことがないのに、先代に目を掛けられたからと言って威張り散らしているということだ。

「今の蒼龍會、実は来栖の親父を筆頭に、若に反目する奴らが出てきてピリピリしてるんですよ。先代が病死して若の兄（あに）さんも殺（や）られましたからね。しきたり通りなら先代の実子である若が跡目を継ぐんですが、筆頭顧問がいちゃもん付けてて、若と跡目相続で揉めてるんです」

六花にはよく分からない世界だが、先代実子の龍雅率いる正統派と、外様大名と言われる来栖率いる異端派で対立しあっているらしい。

しかも来栖派は蒼龍會がシノギとして禁止している覚せい剤（シャブ）を裏で取引しているらしく、龍雅は睨みを利かせているということだった。

「今は暴対で厳しいですから。シャブなんかに手を出された日にゃ、蒼龍會丸ごとサツに潰されてしまいます。若は蒼龍會内部で、今までの古い体質を立て直そうとしてるんです。ですが来栖派は、構成員の数だけは組の中で一番多いんすよ。その辺の半グレをどんどん構成員にしてるんで、規律も何もあったもんじゃない。だから姐さんがここで若と住むと聞いて俺もほっとしてます。若がずっと姐さんの身辺にすごく神経とがらせてましたから。若と一緒にいれば安全です」

――そうだったのか。

自分が龍雅さんに疑念を抱いていたせいで、彼に余計な心配をかけさせていたんだ。

龍雅さんは、私や陽菜のことを思ってくれていたのに怒って文句を言うなんて最低だ。

「あ、それにほら。若は姐さんが一緒だとすげー機嫌よくて俺ら助かってます。冴島補佐は呆れてますけどね。なにせ一晩に六個入りの箱（ハコ）、全部使うほどだって若の武勇伝が広まって。つーか広めたの俺なんすけど」

「六個入りの箱って何の箱？」

六花はきょとんとして首を傾げた。

「あ……ほらっ、ゴムっすよ。コンドーム」

六花は思わず息が詰まった。

だが、若ってあっちもすごいなぁ……！　と龍雅に心酔している不破は純粋に羨望の眼差しを向けている。

そんな武勇伝広めないで……と六花は不破を恨めしく思う。

「さ、冴島さんも龍雅さんを補佐していて大変ですよね」

六花は気まずくて話題を変えた。

「冴島補佐も俺の憧れなんです！　今までのような古いヤクザ稼業だけじゃ食っていけません。だから若と補佐は直系の構成員が合法的な正業を持てるように会社を色々立ち上げてるんす。なにせ蒼龍會は一万人以上の構成員を抱えていますからね。実を言うと、冴島補佐もエリートなんですよ。弁護士資格を持っていて、若を助けてます。ほかにも若の周りには一流企業並みに優秀なブレーンがいるんですよ。マジで若はカッコイイっす」

不破が子供たちの朝ご飯の支度をしながら、フライパンとフライ返しを手に、目をキラキラさせる。

「冴島さん、そんなにすごい人なんだ……」

「はい、噂では大物政治家の顧問弁護士だったらしいんですが、政治の汚さに嫌気がさしたらしいっす。極道の方がまだマシだと言って」

「——そうなの……」

冴島も不破も、皆、なにかしら心に傷を抱えていて、彼らが言うカタギの世界には居場所の無くなった人たちなのかもしれない。

龍雅はそういう人たちのために、極道の世界に身を置いているのではないだろうか。極道というレッテルを貼られてしまった人たちのために。

「姐さん、後は任せてください。朝メシできたらお嬢さん方を起こして食べさせますんで。早くいかないと区役所、混みますよ」

「あ、うん。ありがとうございます。じゃあ、住所変更に行ってきますね。区役所とちょっと買い物をして帰ります」

「今、護衛の車を回すように伝えますんで」

不破がスマホを取り出すと、六花は慌てて制止する。

「あの、今日は区役所と駅ビル内のデパートしか行かないし護衛は必要ないです。区役所の後に、その、ちょっとデパートのランジェリーショップにも寄りたくて」

かぁと顔を赤らめる六花に、不破も察したようだ。

実を言うと六花は着替えを数日分しか持ってこなかったため、色々買い足したかった。特に可愛いランジェリーを揃えたい。

やっぱり夜は、龍雅に特別可愛いと思ってほしいから……。

「あ――、……分りやした。くれぐれも気を付けてくださいね。スマホのGPS、オンになってますよね？」

「はい、不破さんも心配性なところ、龍雅さんみたい」

「いや、若ほどじゃないす。若はストーカーレベルですよ。ほら、姐さんの家の監視カメラとか。あれ、俺たち三下が夜中に呼び出されて、設置作業させられたんす」

六花はくすくすと笑みを零した。

あれには六花も驚いたが、龍雅のペントハウスに同棲することになり、結局、取り外してもらったのだ。

今は龍雅の気持ちが嬉しい。

「じゃあ行ってきますね。子供たちのことをよろしくお願いします」

六花は足取り軽く、玄関扉を開けた。

「お気をつけて」

幸せな同棲生活のスタートだ。

ペントハウスを後にしたときには、六花には龍雅との幸せな未来予想図を描いてしまうほど、希望しか見えていなかった。

人生で最高の喜びを味わっている。

鍛えられた精悍な肉体、優しさを孕んだ声音、鋭さと甘さを湛えた切れ長の瞳。

肌を重ねれば重ねるほど、いっそう強く龍雅への想いが募る。

彼のトレードマークともいえる泣きぼくろが特に好きだ。

優し気で堪らないほどの色気を放っていることに本人は気が付いていないけれど。

——龍雅さん……。

明け方も愛し合ったのに、愛しさで胸が灼けそうなほど、早くも彼の温もりが恋しい。

鼻歌まで歌いだしてしまいそうなほど、心が浮きあがる。

さて、どんなランジェリーを選ぼうかな。

だが、六花の幸せな未来への時間を刻む砂時計は、もう終わりに近づいていた。

絶望という最後の一粒が、無情にもさらりと零れ、砂底へと落ちていった。

＊　＊　＊　＊　＊

「さて、帰ろう」

区役所や銀行で住所変更や郵便物の転送手続きをした六花は、駅ビルのランジェリーショップでようやく買い物を終えた。いくつものショッパーを抱え、足取り軽く駐車場に行き自分の車に乗り込んだ。

店員さんと相談して、色々なシーンに合わせたランジェリーを買うことができて満足だった。普段六花が決して身に着けないような、蠱惑的なデザインの下着も、店員さんに勧められるまま身に着けると、これが思いのほか似合っていた。

「装いは清純風にして、下着は絶対艶っぽい方がギャップがあっていいですよ。特にお客様は胸の形が綺麗で腰もほっそりしてるから映えますね」

なんて店員さんに上手くノせられてしまったが、あえてその甘言に乗ることにした。

しかも買ったうちの一着は、逸る気持ちが抑えられず、そのまま身に着けて帰ることにした。

夜が来るのが待ち遠しい。

いっそ、このまま蒼龍會のビルに行ってしまおうか。

——いやいや、昼間からダメでしょ。

一人突っ込みをいれながら、エンジンをかける。ふと、家に寄る用事を思い出した。

「あ、そうだ。陽菜のお気に入りの絵本を置いてきたままだ」

陽菜から持ってきてほしいとお願いされていたのだ。

ちょっと寄るぐらい不破さんや護衛の人たちに連絡しなくても平気だよね？

急いで行けばお昼までには帰れるし。

龍雅からも予定を変更するときは、必ず護衛に連絡を入れるように言われていたが、予定を変更するほど大袈裟じゃないし、帰りがけにちょっと寄る程度なら問題ないだろう。

六花は上機嫌で、自宅のある山の手に向かってハンドルを切った。

家に戻ると、郵便ポストにいくつもの郵便物が溜まっていた。

「——よかった。戻ってきて」

転送手続きまでには、二週間ほど時間がかかるという。来週も立ち寄ろうと思って郵便物のいくつかを確認すると、見慣れない送付元の封書があった。

——バイオ科学解析研究所。

ＤＮＡでの親子鑑定プロファイリングを請け負っている会社だ。

どきんと心臓が嫌な音を立てる。

すっかり忘れていたが、三週間ほど前に六花がこっそり持ち帰った龍雅の体液で、ＤＮＡ親子鑑定を依頼したものだった。

歯ブラシなどよりも、男性のコンドームに残された精液はプロファイルの精度が上がるという。ほぼ１００％で親子なのか、親子ではないかを鑑定できるとその研究所のサイトには記載されていた。

――どうしよう。

龍雅に黙ってＤＮＡ鑑定を依頼したことに罪悪感が湧く。

自分のしたことは、アンフェアだ。

けれど今は龍雅を信じている。

彼は陽菜の父親じゃない。姉の恋人であるはずはないのだ。

――でも、だったら姉のスマホに残された応龍の刺青と泣きぼくろの男性はどう説明がつくの？

結局はその謎に行き着いてしまう。

だが今は別人だと確信している。

そう、この封筒を開封しさえすれば、龍雅が陽菜の父親でないと証明される。

――だから。

六花はびりびりと封を開封する。

もう思い悩むのは嫌だ。はやく自分の心に決着をつけて、龍雅にもこのことを正直に話してDNA鑑定をしてしまったことを謝ろう。

きっと馬鹿だな、と笑って許してくれる。

封書の中には一枚の検査結果の通知書があった。


――私的DNA父子鑑定結果報告書――

解析方法：PCR-STR法によるDNA鑑定を行いました。

薄いブルーの報告書には検査数値のような英数文字がびっしりと一面に羅列されていた。

ドクンドクンと心臓が痛いくらいに高鳴りを増す。

怖いような、早くほっとしたいような。

そして一番下に記載されている内容に六花は思考が停止する。


――解析結果――

「擬父」は「子ども」の生物学的父親と判定できる。

父権肯定確立「99.9999%」

六花は通知書を持つ手がぶるぶると震えだす。

目の前に最後通牒を突きつけられたようだ。

——龍雅さんが陽菜の本当の父親？

ついさっきまで絶対にありえないと思っていた六花の信頼。それがたった紙切れ一枚に覆される。

「ひどい……」

目頭が熱くなり、涙がぽろぽろ頬を流れ落ちてくる。

六花は嗚咽が込み上げるのを我慢できなかった。

「——っく、ひぅ……、うっく……」

龍雅に裏切られたという思いが容赦なく胸を締め付ける。そしてなにより龍雅を信じた自分の心が、修復できないほどの痛手を負ってしまっている。

——信じていたのに。愛していたのに。

『可愛い、俺の六花……愛してるよ』

明け方に囁かれた龍雅の声が、まだ耳に残っている。

彼はやっぱり非道な極道だ。

私たち一般人とは、思考さえも並行線上の違う世界軸にあり、絶対に相容れない。

姉を抱き、孕ませてなお陽菜を認知しないばかりか、平然とその妹の六花をも抱いた。

真実を隠し通したまま——。

来栖も言っていたではないか。龍雅はスケコマシとして教育されたと。

女をその身体で篭絡し、極道の世界に堕とすのだ。

彼も来栖と何ら変わらない。最低の人間だ。

甘い言葉と巧みな愛撫で六花を骨抜きにした。もしかしたら金ズルとして性的に仕込んで、いずれ蒼龍會が所有する性的サービスの店で働かされることになったかもしれないのだ。

極道でも龍雅さんは特別。彼は真っ当な人だと思っていた自分が馬鹿だった。

実は蓉子ママには龍雅と同棲することに、難色を示されていたのだ。

彼女は過去に極道とは知らずに付き合った男に貢ぐため、デリヘルとして働き、辛い経験をしたと打ち明けてくれた。散々貢がされた挙句に、捨てられたのだと。

そのため、蓉子ママはあの夜の迷惑料も龍雅からは一切受け取ることはなく毅然と断っていた。

六花の姉、透子が残したこの店は、極道とは関わりを持ちません、と。

「六花ちゃんが傷つくことにならないか心配……」

蓉子ママの予感が的中してしまった。

私は龍雅にとって、一時の快楽を貪るだけの間柄。姉と同じ穴の貉(むじな)になってしまったのだ。

だからきっと、姉も陽菜の父親を明らかにしようとしなかったのだ。

体(てい)よくつまみぐいされただけだから……。

六花はその通知書をびりっと真っ二つに切り裂いた。自分の中の龍雅への想いを断ち切るように。

「信じていたのに。あなたを愛してしまったのに」

心の声を繰り返す。

ベッドの上での甘い囁き、蕩けるような極上のキス、私の中で爆ぜた紛れもない熱。それらの全てがただの幻だった……。龍雅の真っすぐな眼差しに惑わされ、余すとこなく貪りつくされたのだ。

こんなにも彼のことを愛してしまった後で真実を突きつけるなんて、神様は無情だ。

思い返せば思い返すほど、龍雅と過ごした日々がまだこんなにも愛おしいというのに。

ズタズタに心を引き裂かれてもなお、彼の記憶にしがみ付いている自分がいる。

――もうあの家に、龍雅さんのいる所には戻れない。陽菜を連れて出て行こう。

女性と子どもを保護してくれる施設があるという。ひとまず陽菜を連れてそこで生活しよう。

六花は古い家を飛び出すと、車のドアを急いで開けようとした。

だが、いきなり後頭部に鋭い痛みを感じて瞼(まぶた)に閃光が走る。

「りゅ……がさ……」

ぐにゃりと目の前がゆがみ、暗闇に引き摺り込まれそうになる。

意識を失う直前、龍雅の柔らかな微笑みが脳裏をかすめた。

六花の思考は、そのままプツリと途絶えてしまった。

五ノ章「信」　二つの指輪、隠された真実、極道の愛

「あの陽菜って子、お前とよく似ているな。目鼻立ちとか」

蒼龍會ビルでの会合の後、龍雅の右腕である冴島にそう指摘されたのは、二週間前のことだった。

実を言うと龍雅もそのことが気になっていた。

雪まつりの日に子どもたちを連れて遊んでいた時、通りがかりの老夫婦に「二人ともパパとそっくりね」と声を掛けられたのだ。

六花の姪の陽菜は俺だけじゃなく、華ともよく似ている。

彼女から聞いたところ、六花の姉で陽菜の母親である透子は、父親を誰なのか頑なに伏せたまま、事故で息を引き取ったという。

「お前、というよりもしかしたら大雅さんにも似ているのかもな」

冴島が何気なく発した言葉に龍雅はハッとした。

蒼龍會前若頭だった篁大雅。彼は今は亡き龍雅の双子の兄だ。

ちょうど一年ほど前、敵対関係にある関西系の組員に肚（はら）を刺されて亡くなった。

そういえば六花の姉も一年ほど前に亡くなったと聞いている。

誰かからの電話を受け、慌てて店（クラブ）を飛び出したところ、交通事故に遭ったのだという。

その頃龍雅はたった一人の兄の死に打ちのめされていた。当時、蒼龍會と敵対する組では、報復に次ぐ報復合戦が行われていた。

極道のメンツなんか命（タマ）を掛けるほどたいそうなモノでもない。龍雅と大雅も同じ考えを持ち、蒼龍會内部で抗争だとイキがる直参や直系を抑え込んでいたのだが。

にもかかわらず、来栖が独断でヒットマンを放ち先に仕掛けたのだ。敵対する組織の組長に大怪我を負わせ寝たきりにしてしまう。

やられたままでは極道の世界は収まらない。

報復として、若頭だった兄が、相手の組にケジメを取られた形で命を落とす。

今考えても来栖に腸（はらわた）が煮えくり返る。兄の大雅にきつく止められていたにも関わらず、相手の組織に手下を使って斬り込んだのだ。

——結果、その見返りとして兄の大雅があっけなく命を落とした。

極道の世界とは常に一触即発の危険を孕んでいる。誰かが誰かを陥れ、この世界に安逸（あんいつ）はない。

だがさらに来栖が報復しようとしたのを、龍雅は一喝した。独断で動いた懲罰として、大きな金を動かせないよう、来栖の資産を凍結している。

これ以上報復を重ねれば、関東のみならず関西の極道をも巻き込んだ大抗争に繋がりかねないからだ。

龍雅は相手のトップと肚を割って話をし、和平に持ち込んだのだ。もちろん殴る蹴るの制裁も込みだ。だがこの身体と金で収められるならいくらでも差し出す。

下らない抗争で人が死ぬのは莫迦げている。

それでなくとも暴対でシノギが厳しくなり、少ないシノギを巡って暴力団同士の共食いがあちこちで勃発していた。

だが、組長や幹部らは、下から上納金を吸い上げ、私服を肥やし来栖のように常に潤っている。かたや下の者は食うものにも困る有様だ。その子供はいつも腹を空かせて、万引きに手を染める子もいると聞いた。

今はもう、昔の任侠道を貫く組長などどこにもいない。

――このままでは、いずれ極道は消滅し、社会に居場所のない奴らは職もなく浮浪者として死んでいくのみだ。

龍雅は兄大雅の遺志を継ぎ、犯罪組織の極道とは一線を画して、この蒼龍會をいずれ健全な複合企業に生まれ変わらせるため、冴島とともに動き出した。

「――龍雅、届いたぞ。お待ちかねのモノだ」

冴島が蒼龍會ビルのＶＩＰルームに、小ぶりの箱といくつかの書類を持って入ってきた。

その手にあるのは、大雅のマンションに残された遺品の一つだった。

彼が命を落とした当時、龍雅は兄の遺品を見るのが辛かった。都内にいくつかある兄のマンションは、最近まで手つかずのまま置いていた。

だが陽菜のことで、もしかしたら……という思いが脳裏を掠め、大雅の遺品の整理に踏み切った。

すぐに冴島に指示し、不可解だった兄の資金の流れも追った。

「これを見てみろ」

冴島に差し出されたのは、いくつもの銀行の入出金が刻銘に記された書類だ。

「――やはりな」

兄の私的な資金がいくつかのフロント企業を巧妙に経由して、一人の女に提供されている。しかもある店（クラブ）のオープン費用として億の金が銀行に振り込まれていた。

その店の名は、「Snow White」。

――六花の姉が遺したクラブだ。

龍雅の予想どおり、大雅には惚れた女がいた。しかもその女は……。

「天羽透子。大雅の個人ボディガードだった男が吐いた。大雅の隠された女（イロ）だったと。大雅は前妻と離婚してほどなく、その女と銀座で出会って付き合っていたようだ」

冴島の声は決して明るくない。それもそうだ。右腕だった冴島にさえ、その存在を伏せていたのだから。

言えば反対されると思っていたのだろう。

「すると、陽菜は兄の大雅と六花の姉の透子との間にできた子ども……である可能性が高いな」

　龍雅の言葉に、冴島は溜息を吐いた。

「……大雅のマンションからこれが見つかった。鍵を見つけるのに苦労したが、あちこち探してようやく見つかった。鍵は大雅のスーツのポケットに入っていたんだ。——これだ」

　ことりと眼前の机上に置かれたのは、銀の装飾が施された洒落た西洋アンティークの小箱だった。

　この小箱ごと、誰かへの贈り物にでもしようとしていたのだろうか。

　鍵には箱の蓋と同じく精緻な銀のデザインが施されたリボンが付いている。

「まだ開けてない。何が入っているかは分からない」

　龍雅は頷くと、その小箱の鍵穴に銀色の鍵を挿し込んだ。

　カチャリと小さな音がして、蓋が自動でパっと開く。

　すると女性が好きそうな抒情的なオルゴールの旋律が奏でられた。

「——リストの愛の夢、だな……」

　冴島がぽつりと呟く。

　兄貴も大概ロマンチストだと、龍雅の口元が緩む。

　小箱の中には通帳と、さらに小さなジュエリーボックスのような箱があった。兄名義の通帳には、一億ほどの残高が記されている。

　龍雅はその小箱を開けると、中に二つ並んだものを見つめて息を止めた。冴島もハッと身体を強張らせて、垂らした拳をギュッと握りしめた。

「バカヤロウ。なんでもっと早く……」

龍雅は口を手で押さえ、嗚咽が漏れそうになるのをなんとか堪える。

これをどんな気持ちで用意し、そしてどんな想いでこれを遺したまま、ひとり旅立ってしまったのか――。

そんな兄を想うと、涙を止めることができなかった。

「大雅の大莫迦バカヤロウ……」

しばしの間、龍雅はただひたすらに男泣きに濡れていた。

＊　＊　＊　＊　＊

暫くして龍雅が顔をあげると、冴島がいつの間にか部屋からいなくなっていた。

アイツのことだから、俺を気遣い一人にしたのだろう。

この小箱はもう俺だけの問題じゃない。

時計を見るともうすぐ午後の一時を回るところだ。

――六花にも早く伝えてあげよう。この小箱が意味することを。

龍雅は席を立ち、午後の予定をすべてキャンセルすべく、冴島を呼び戻そうとドアに手を掛けた。――刹那、胸ピケットにある緊急用の携帯電話がけたたましく鳴り響いた。

なぜか胸騒ぎに背筋が凍る。ただ事ではない予感に血の気が引いていく。

「何があった⁉」

「――若、姐さんが、六花さんが拉致られましたっ」

電話越しにで叫ぶ尋常じゃない不破の焦り声を聞き、龍雅はスマホの画面がヒビで粉々になるほど強く握りしめた。

「――クソヤロウ……」

殺す。犯人は言わずもがなだ。

狡賢い蛇、姑息な蜥蜴のような男。

兄の夢を潰したばかりでなく、六花まで……。

「――で、状況は？」

いつの間にか冴島が龍雅のスマホを取り上げ、不破に確認している。

龍雅の指は、割れたガラスの破片で傷がついたのか、血が滲んでいた。

「龍雅、拉致った車のナンバーが分かった。一つだけ残しておいた監視カメラに写っている。来栖の舎弟の車だ」

「草の根分けても探し出せっ」

「もう追わせてる。街はずれの温泉街に向かっているそうだ」

龍雅の読みが当たっていた。

いつか来栖が裏切り、姑息な手段に出るとアタリをつけていたのだ。来栖やその舎弟、ヤツが引き入れた半グレにいたるまで、すべて龍雅の監視下に置き、そいつらの車には密かにGPSを取り付けていた。それが功を奏したようだ。

「俺が運転する。車を回せ」

「ビルにもうつけてある。――っと、車が入った宿が分かったぞ」

すると冴島の舎弟が封筒と白っぽい布の切れ端を持って飛び込んできた。

「姐さんの家にこれが……」

「ご苦労」

舎弟が手渡したのは、二枚の紙切れと白いハンカチだった。

冴島は二枚の紙切れを見て目を見開き、ハンカチとともに龍雅に手渡した。一枚だった紙が二つに引き裂かれたような痕跡がある。

「――これは……?」

「六花さんのハンカチとＤＮＡ親子鑑定の結果だ。たぶん、龍雅と陽菜さんの……」

「俺と陽菜の……?」

二つを重ね合わせると、浮き出た文字に真実が明らかになった。

「擬父」は「子ども」の生物学的父親と判定できる。

父権肯定確立「99.9999％」

――やはり。

これで龍雅と陽菜が似ているという疑念が解決した。

だがどうして六花は、俺に黙って陽菜との親子鑑定を？

あまりに状況が混沌とし、六花の思考が見えない。

それにこのハンカチは、まだぐっしょりと濡れている……。まるでたった今迸る涙を拭き取ったかのように。

龍雅は、ハッとして思いもよらない盲点に気が付いた。

「クソっ、六花が悩んでいたのはこれだったのか」

六花は自分と兄の大雅が双子、しかも一卵性双生児だったということを知らない。きっと俺が陽菜の父ではないかと、疑心に苛まれていたのではないか。

「――全てに決着をつける時が来たな。行くぞ、冴島」

来栖を絶対に許すものか。六花に何かあれば、東京湾にだって沈めてやる。兄貴のこともお前の命（タマ）を賭けて、きっちりオトシマエをつけてやるぜ。

龍雅は上半身裸になると、肚（はら）にサラシを巻いてジャケットだけを羽織る。

部屋に飾ってあった兄の形見の長い脇差（ドス）を摑んだ。

「極道の本気の恋を舐めるなよ」

ビルの前には、蒼龍會が討ち入りするのではないかと思われるほどの、黒塗りの車で埋め尽くされている。

「正面の車はサツを撒け。冴島、俺たちは裏だ」

龍雅は冴島とともに目立たない車に乗り込むと、肚の底から地響きにも似た唸りを上げる。

──背中に背負った応龍に誓う。

これ以上、俺の愛する人を不幸になどするものか。

蜥蜴は所詮、蜥蜴だ。どうあがいても龍にはなれない。一生指を咥えて檻の中で地べたを這いつくばっていろ。

龍雅の狂気めいた殺気に、冴島さえも肝を冷やす程だった。

*　*　*　*　*

──龍雅さんにさよならを言わなければ。

このまま黙って龍雅の元から立ち去ろうと思っていた。けれど、最後にひと目会いたいと心が切なる願いを訴えている。

龍雅は自分が初めて心を捧げた男……。

せめて別れだけは、最後だけは自分からきちんと告げたかった。だから苦しい心に鞭打ち、彼と甘やかな日々を過ごした記憶の残るペントハウスに戻ろうとしていた……はず。

なのにこれはなんなのだろう？

身体のどこかでイモリかヤモリのようなものが這い回っている。

六花は薄気味の悪い感触に、暗闇の中から意識がぼんやりと引き戻される。

頭が朦朧として、ふわふわしているのに、鉛が圧し掛かったように身体が重い。

胸の上を気持ちの悪い虫がたくさん這いまわっているようだ。胸元から乳房を弄るようにぞわぞわと蠢いている。

「……や……っ、んっ……、なに……？」

無意識にそれを払いのけると、ギュッと手首を何かに摑まれてしまう。

痛烈な痛みで、霞がかかっていた目の前がクリアになる。すると見知った男が六花に覆い被さって、天井を這う蜥蜴のごとく見下ろしていた。

「ようやっと目が覚めたか。意識がないとヤリ甲斐があれへんからな」

――来栖だ。

目の前の男を認知した途端、全身の神経がおぞましさに張り詰めた。咄嗟に起き上がろうとしても、どういうわけか身体が思うように動かない。後頭部にズキンと鋭い痛みが走った。

「――う、いた……。何を……するの……っ」

言葉が酷く重い。指先にさえ上手く力が入らない。まるで麻酔を打たれたかのように。

目の前の来栖は浴衣を身に着けていた。視線を巡らせると、料亭か旅館のような広い和室に布団が敷かれ、その上に自分が横たわっている。

しかも、六花はガラの悪そうな四人の男達にそれぞれ手足を抑えつけられていた。

——この男たちは誰……?

全身の血が冷えわたり、動悸が不気味に高まっていく。

まるで任侠映画のレイプシーンのような光景に、どくどくと心臓が危険信号を打ち鳴らす。

——逃げなきゃ。なのに……思うように力が入らない。

ふと黒いものが視界の隅に入り込む。布団の傍らにはスマートフォンが何台か、六花を取り囲むように設置されていた。

よく見れば自分も浴衣を着せられ、胸元が大きくはだけてしまっている。

無遠慮に降り注ぐのは、来栖や男たちの卑猥な視線。

身の毛もよだつような恐怖が体の中を突き抜ける。

——龍雅さん以外の人に肌を見られている……。

顔を背け、全身を棒のように固くする。

「——やめて。どうしてこんなことを……」

クラブでの一件の仕返しなのだろうか。六花は涙が滲むのを必死で我慢する。

こんな男達の前で泣くもんか。

込み上げる嗚咽を口元から漏らすまいと、唇を痛いほどぎゅうと噛みしめる。

どうしてこんな状況になったのか……。

きっと自宅を出ようとした時に誰かに殴られ、気絶したところを連れてこられたのだろう。

龍雅があんなに心配してくれていたのに……。

いったいどれほどの時間が経ったのだろう？

「ここは温泉街にある離れの宿や。大声出しても誰にも聞こえへんで。恨むなら龍雅を恨むんやな。わしの金を凍結しおって。報復や」

「いやっ！　その汚い手を離してっ。卑怯者っ」

「離してても身体動かせへんで。ほらお前ら、離してみぃ」

「――ウッス」

男たちが来栖の指示で手足を離す。だが、どういうわけか四肢に力が入らず、ただ無様にのたうつだけだ。男たちがニヤニヤと薄ら笑いを浮かべて芋虫の如く必死な六花を「うひょ、かわいい～」と、面白がるように眺めている。

「ど、どうして……？」

「ほ――お。こないに効き目があるとはな。流行りのラムネを飲ませたんじゃ。酒と一緒にな。ラムネ言うんは、まぁ気持ちようなるサプリみたいなもんよ。キメセクや」

「――こんなこと……して、りゅ……がさんが、黙ってないから……っ」

彼から離れようとしたのに、彼の名前をお守りのように出すのは狡い気がした。それでも真っ先に思い浮かべてしまうのは、この身体を龍雅に捧げていたからだろう。

自分の肌も髪の毛一本さえも、龍雅のものであるという刻印が刻み込まれている気がした。

細胞のひとつひとつが龍雅に愛された誇りと記憶を留めている。

――それなのに。

こんな男たちにここで犯されてしまうかもしれない。

龍雅に抱かれた記憶がズタズタに汚されるのが堪えられない。

おぞましさに、ぶるぶると指先や爪先が勝手に震えだしそうになるのを必死で堪える。

弱みを見せたくないのに、身体は正直だ。

「蒼龍會の代紋（カンバン）も俺のもんや。あんたとのキメセクをビデオに収めたら、龍雅はなんぼ払うかのう？　極道が女で身を亡ぼすいうんは、よくある話よ」

「――ひ、卑怯者っ」

「極道にとっては、誉め言葉や！　ははは……可愛いのう。目に涙いっぱい溜めて、卑怯者！　とはなぁ。片腹痛いわ。お前らようけビデオに納めておけよ。精力剤も飲んでわしのムスコも久しぶりにヤル気満々やがな」

「龍雅さんこそ、蒼龍會の跡目を継ぐのに相応しいわっ。恥を知りなさいっ」

パンっと音がして頬が熱く痛み、目の中で閃光が爆ぜた。

「その口閉じてろや！　甘い顔してたらいい気になりおって。しゃぶるときだけ開けとけ」

……悔しい。こんな男のいいようにされるだなんて。

じんじんと痛む頬よりも、心が痛い。

龍雅だけに愛された綺麗なカラダでいられなくなってしまう。

「おやっさん、俺たちもあとで輪姦さしてくださいよ」

「わ、まじ肌もすべすべ」

「下と一緒に上の口にも突っ込んじゃいましょうよ」

聞くに堪えない猥褻な軽口を叩き合っている。

これが極道なのか……。

いいえ、龍雅さんこそ、真の任侠道を貫く人だ。こんなやつらは極道の風上にも置けない。

「う——、っく……」

泣くまい。泣いちゃダメ。

どんなに汚されても、絶対にこの男達には弱みを見せたくない。

六花は毅然と来栖を睨みつける。

この男に犯されようとも、心は龍雅に捧げたんだ。たとえ龍雅が姉の恋人だったとしても、六花の心は後にも先にも龍雅だけ。

「どないに睨みつけても、そのうちイキすぎて白目剝くで。おい、電マも用意しとけや」

薄い笑いが溶けた蠟のように、六花の胸元に落ちる。

来栖が浴衣の胸元に手をかけ片方の乳房を弄りだす。ぐにりと揉みこまれてあまりの痛さに顔が歪む。

「う――っ」

身体は動かないが、来栖の言うクスリのせいなのか、感覚だけはやけに研ぎ澄まされている。痛さも倍の痛覚となって六花に跳ね返される。

「ごっつ柔らかいのう！　張りがあって、こら極上の一品やなぁ」

来栖の目が爛と輝く。興奮も露に龍雅に捧げた身体を思いのまま揉みしだく様を見ていられなかった。

はだけた胸元から手を挿し入れられ、男の指に汚され辱められる。

喉に酸っぱいものがこみ上げてきた。六花は吐き気を我慢し、顔を背けてただ時間が過ぎ去ることだけに集中する。

――いち、に、さん、し……。

何秒、いや何万秒数えれば、解放されるのだろう。

「りゅ……がさんっ」

――きっと龍雅は来ない。来たとしても間に合わないだろう。

今日は遅くまで会合があると言っていたから。

なのに恋しい人を傍に感じたくて、龍雅の名前を繰り返す。彼の名前を呼んで、自分の正気を繋ぐために。

「なんぼ呼んでも無駄や。せやけど自分、ごっつええ身体しとるな。龍雅が気に入るわけや。たっぷり上も下もしゃぶったるさかい、ええ声だしぃな」

絶望的な状況に、とうとう嗚咽が漏れてしまう。

「ふ……、いや、いやぁっ、く……んぅっ」

——いやだ。まだ手で触られるだけならまし。

龍雅に愛されたところが、この男の気持ち悪い手や舌で塗り替えられると思うと、あまりのおぞましさで今にも吐いてしまいそうだ。

六花は身体中を逆なでされたかのような不快感に、首をいやいやと必死に振り乱す。この男に辱めを受けるなら、死んだほうがましだ。

「おら、大人しくせいや」

「やぁ、いやぁ、やめてっ！　りゅうがさんっ……！」

六花が悲痛に叫んだのと、目の前の来栖が一瞬で視界から消えたのは同時だった。しかもふぁさっと六花の胸を覆うように、恋しい人の匂いのするジャケットが舞い落ちる。

「——!?」

「オマエも大人しくイイ声で啼いてもらおうか？」

何度も甘く囁かれた蠱惑的な低音、だが心の芯まで凍りそうな声が響き渡った。

酷薄な殺気を漂わせた長身の男が、来栖を見下ろして立っていた。その男の後姿に六花は目を瞠る。

仰向けに倒された来栖の顔の傍らに、容赦なく男がドスっと短刀を突き立てた。つぅー

──と頬の肉が薄く切れて赤い血が滴り、来栖が素っ頓狂な声をあげる。

しかも短刀は一つではない。一緒に現われた男が彼に次々と短刀を投げるのを見事な連係プレーで受け、来栖の顔の両脇、首、脇の下をギラリと光る短刀で突き刺していく。

「ひっ、ひっ、ひぃぃぃぃ──っ。おた、お助けを……」

「ヒィヒィいい声で啼けるじゃねぇか。ほらもっと啼けっ」

手に持っていた短刀で、跨ぐらのぎりぎりを浴衣ごとブスリと突き刺した。まるで大文字焼きのように串刺しにされてしまっている。

「オイ、動いたらその汚ねぇイチモツをぶっ刺すぞ」

男が竹刀のような長い脇差を天井に向けて振りかざす。

すると背負った応龍が、天に届くがごとく舞い昇る。椿が燃えるように紅く咲き誇った。

肚にサラシを巻いた男は、見返り美人のように振り返る。

「六花、遅れて悪い。迎えにきたぞ」

艶やかな切れ長の瞳に泣きぼくろ。その瞳が愛おしそうに細められた。

龍雅が長い脇差を天に向かって高く放り投げる。

すると、ずさっと何かが切れる音がした。来栖の耳からビュっと血飛沫が上がる。

「うぎゃぁぁ──っ、ひ、人殺しっ」

「──無様ですね」

冴島が近づいて、汚物を見るように来栖を冷たく見下ろしている。ふと彼の背後を見ると、いつの間にか来栖の手下が無惨な姿で畳の上に転がっていた。

龍雅の武闘派の側近たちが、張り合いがねぇなと足でこづいている。

「蒼龍會の筆頭顧問がこの有様じゃ情けねぇなぁ。残念なことに耳朶しか千切れてないが。ちったぁ男気を見せたらどうだ？」

龍雅は吐き捨てるように言い、六花の傍らに膝をつく。

「りゅ……がさん……」

「六花、間に合ってよかった」

まだ思うように力の入らない手を伸ばすとぐいっと引かれ、身体ごと龍雅の胸に包まれる。

龍雅の体温の温かさが、心に痛いほどじんと染み入ってくる。龍雅のくれる優しさに切なく心が絆される。

彼に裏切られたとしても、こんなにも恋しい。

六花は恋しい人の優しい温もりに包まれたまま、その意識を彼方に追いやった。

＊　＊　＊　＊　＊

六花が再び目覚めたのは、病院の個室だった。

後頭部を強く殴られ、睡眠剤と酒を飲まされていたそうだ。幸い検査結果は軽い打撲と打ち身などだったが、薬物の後遺症がないかどうか調べるため、三日間ほど入院することになった。

ちょうど目覚めたときに、看護師がそう教えてくれた。採血をして看護師が扉を出ると、入れ違いに龍雅が部屋に入ってくる。

六花が意識を失う寸前に、目を焼き付けていた極道姿ではなく、爽やかなイケメンCEOの姿だった。

何度も恋をしてしまいそうなほど、どちらの龍雅もとても素敵だ。それだけにやるせない想いが心に重く圧し掛かってくる。

「龍雅さん……」

「目が覚めた？　子どもたちのことは心配ない。六花と会えなくて陽菜ちゃんが寂しそうだけど、不破が良く面倒見てる」

「――すみません。ありがとうございます」

六花が上半身を起こしたまま、ぺこりと頭を下げる。

陽菜はやはり龍雅の元にいたほうがいいのではないか。自分に何かあれば、きっと龍雅が全力で陽菜を守ってくれる。彼は陽菜の本当の父親なんだもの……。

龍雅は優しく頼りがいがある。それは間違いがない。

「それと、あとで所轄の警察署から事情聴取があると思う。来栖は婦女暴行、監禁、薬物使用で現行犯逮捕、そして俺の双子の兄、篁大雅の殺人についても嫌疑がかかっている。

それに麻薬取締法違反にも問われている。俺は法廷で検察に協力して徹底的に来栖を追い詰める。良くても無期の懲役刑(ロング)は免れないな。いずれにしても蒼龍會は、幹部一致で来栖を破門にした。よしんば早く出られたとしても、破門されれば、どの組も拾うことはない。道端で野垂(のた)れ死ぬまでだ」

龍雅は椅子に腰かけ、膝の上で組んだ両手を心なしかぎゅうと力を籠めた。

来栖が捕まってほっとする。

あの時、龍雅が助けに来てくれなかったらどうなっていただろう。あんなに大勢の男たちに犯されていたなら、きっと心に深い傷を負ってしまっていたはずだ。なのに龍雅は恩着せがましい所など一切なく、六花が嫌なことを思い出さないよう、慎重に言葉を選んで事務的に話してくれた。

六花のことももちろんだが、彼のお兄さんの事件も早く解決するよう心の中で祈った。

だが気になった言葉が一つだけある。

「あの、龍雅さんのお兄さんって、双子……？」

「うん、これを見てごらん」

龍雅は胸ポケットから写真を何枚か取り出した。

海で小さな男の子二人が無邪気に砂遊びをしているもの。

小学校の入学式の看板の前で嬉しそうにランドセルを背負った二人の男の子。

高校の体育祭だろうか、体操着姿の男の子が二人、肩を組んでピースサインをしている。

そして、広大なグランドキャニオンで、若い男性が二人、空に向かって手を伸ばしている。

——二人とも、顔が瓜二つだ。

体型も、髪型も、よく似た切れ長の目に、泣きぼくろさえも……。

二人とも目の前の龍雅にそっくりだった。

なぜか六花の目頭が溶けてじんと熱くなり、涙がぽろりと零れ落ちた。

この写真が六花の知りたかった書類上の真実。その真相を物語っていた。

「俺の兄貴と一緒の写真だ。俺たちは一卵性双生児だ。それに俺たちは同じ刺青を背負っている——。この意味わかるか？」

六花はこくりと頷いた。

——私はなんて莫迦だったの。きっと姉の写真のあの人は、龍雅さんではなく、亡くなった大雅さんなんだ。

龍雅は六花がこっそり解析を依頼したＤＮＡ鑑定結果の紙切れを、テーブルの上に置いた。破られた跡がテープで接合されている。

「六花が不安になったのももっともだ。一卵性双生児はＤＮＡが同じ。だから俺と陽菜ちゃんが生物学的父子と鑑別されたんだろう。だが、俺は誓って君の姉さんとは何の接点もない。でも、この間、冴島に俺と陽菜ちゃんが似ていると言われてね。調べたところ、兄貴の遺品からこれが見つかった。君のお姉さんにプレゼントするつもりだったようだ」

六花の目の前のテーブルに見事な銀の装飾の施された小箱が置かれた。西洋のアンティークだと分かる。そういえば、姉は西洋アンティークを好んで収集していた。

凝った銀の鍵で小箱を開けると、美しいオルゴールの音色が鳴った。

聞きなれた曲、リストの愛の夢だ。

「……姉が小学校の頃から好きでよく聴いていた曲です。家にはピアノがなかったから、放課後に音楽室に行って拙いながらもピアノで一生懸命練習していました。将来はピアニストになりたいと夢を語っていたの。でも家はピアノを習う余裕もないほど貧しくて。高校を卒業すると、姉は私を養うために夜の世界で生きる道を選びました……」

六花がほろほろと涙を流すと、龍雅がぎゅっとその手を握る。

「六花、泣かないでくれ。君を悲しませたかったんじゃない。喜ばせたかったんだ。中の小箱を見てごらん」

するとオルゴールの小箱の中に、さらに小さなジュエリーボックスらしい上品な箱があった。王室御用達と言われているハイブランドのロゴマークがある。

六花が恐る恐る手に取って、その蓋を開ける。

すると現われたのは、二つ並んだ揃いのデザインのエンゲージリングだった。

しかも蓋の裏には、オーダーメイドなのか、金色の刺繍文字が刻まれていた。

――透子へ

結婚しよう。華と陽菜と四人家族になろう。
大雅より愛を込めて――

もう堪えることができなかった。ぶわりと迸るように涙が溢れ出る。

六花は嗚咽とともに、子どものように泣きじゃくる。

「――ふ、く……、お姉ちゃん……お姉ちゃん……っ」

姉は決して一人だったわけじゃない。愛する人がいたんだ。

二人にはすぐに結婚できない事情があったのかもしれない。

でも、龍雅のお兄さん――、大雅さんにこんなにも愛されていた。

六花は姉を不幸だと思っていた。けれど、決して不幸ではなかったのかもしれない。少なくとも恋しい人を心に想い逝くことが出来たのだ。

今の六花にならわかる。姉の生きた人生は、恋しい人との子を成し、愛で満たされていたのだと。

龍雅も涙を滲ませ、六花の背中をただ優しく擦ってくれている。

「冴島に色々調べさせた。二人の亡くなった日が近いのが気になってね。あの日、大雅が刺されたことを聞きつけ、君のお姉さんは慌てて空港に向かう所だったようだ。大河が入院している病院のある東京にね。だが、途中で交通事故に巻き込まれて命を落としてしまった。大雅もそのまま帰らぬ人となった。けれど二人は一人きりで逝ったんじゃない。

お互いに心は結ばれ、愛し合っていたんだよ」

真実はこんなにもすぐ側にあったのに、私は龍雅さんへの想いを深めるあまり、冷静に見ようとしていなかった。

不安が募り、疑念は怖れとなった。そしてそれが真実であると思い込んでいた……。

「――龍雅さん、ごめんなさい。私、龍雅さんの背中に、姉のスマホに残されていたものと同じ、応龍と赤い牡丹の刺青があったのを見てしまった時、あなたが陽菜の父親で、姉の恋人だったんじゃないかと疑ってしまったの。真実が知りたくて、あなたに黙って勝手にDNA親子鑑定をしてしまった……。ごめんなさい……」

「六花も思い込んだら突き進む。早とちりなところがあるからな。だが、極道の女房にはちょうどいい」

――女房？

六花が目をぱちくりさせると、龍雅の極甘スマイルに心臓が撃ち抜かれる。

龍雅はエンゲージリングの入った小箱を取り、六花のベッドサイドに腰かけた。蓋を開けて六花の前に差し出す。

「提案があるんだが、この結婚指輪、俺たちが引き継がないか？　大雅と透子さんの想いを俺たちが継いで、子どもたちと四人で幸せになろう。――六花、俺は極道だが、どんな困難も切り抜けてお前を幸せにする。結婚しよう」

龍雅の声は熱いが、少しだけ震えている。六花は迷わず返事をした。

「――はい。結婚します。龍雅さんと」

龍雅がジュエリーボックスから小さいエンゲージリングを取り出した。六花はそっと左手を差し出す。

「ぴったりだな」

二人は顔を見合わせ、口元を綻ばせた。

こんな未来が、きっと大雅と姉の透子にもあったのだ。

「六花、愛してる」

「龍雅さん、私も……」

二人は病室で互いに指輪を交換し、心が溶けそうなほどの甘い甘い誓いのキスをした。

六花の心は嬉し涙で溺れそうなほどだった。

エピローグ　祝言の夜

「まぁー！　よく来たわね。いらっしゃい」

「おばあちゃま～！」

蒼龍會本家、龍雅の実家である本宅は鎌倉にある。貫録のある総檜の数寄屋門に、数メートルはありそうな高い白壁が、広い区画をまるごと取り巻いていた。

あちこちにセキュリティの監視カメラがなければ、まるで江戸時代から続く由緒ある武家屋敷のようだ。

門前に六花たちの乗ったリムジンがするりと乗りつける。車から覗き見ると、門の入口から玄関まで御影石を敷き詰めた石畳の両脇には、コワモテの若衆がずらりと整列して出迎えていた。

——すごい。なんだかこんな光景、テレビのニュースで見たことがある。壮観だ。

六花はごくりと喉を鳴らす。

退院してから一ヶ月、その間に警察の事情聴取やら、引っ越しやら、入籍届けやら、怒濤のような忙しさに見舞われた。

だがようやく、龍雅の母への挨拶と二人の祝言のために、鎌倉の本宅を訪れることになった。

「ねぇねぇ、りっかちゃん、ひなのおばあちゃんがここにいるの？」

「うん、そうだよ。ひなのパパのおかあさん」

「あのね、おばあちゃま、とおーってもやさしいんだよ」

まだよくわからない陽菜に、一歳年上の華が教えてあげている。

今回の六花の最大の目的は、亡き大雅と透子の忘れ形見、陽菜を龍雅の母親と引き合わせることだった。

先に到着していた冴島が、待ちかねていたようにリムジンのドアを開ける。結婚の手続きで、冴島さんとも何度も会って話したのだが、彼は最初は六花を毛嫌いしていたようだ。でも今は龍雅の嫁として認めてくれているらしい。

「若頭、姐さん、お嬢さん方、お帰りなさいやしっ」

居並ぶ若衆の怒号ともとれる声が、轟くように一斉に響き渡った。

六花は龍雅の隣で、あまりの威圧感にビクッと体を揺らす。

だが華ちゃんと陽菜は、さすが極道の血を受け継いでいるせいか、全く物おじしていない。こんにちわ～と無邪気に愛想を振りまき、玄関の前で出迎えている先代組長の大姐、龍雅の母に向かって手を繋いで駆けていく。

深みのある黒地に上品な金の菊模様をあしらった蒔糊友禅の着物を着た女性が、ふわりと切れ長の瞳を細めた。

「あなたが陽菜ちゃんね。よろしくね。あなたのおばあちゃまよ」

膝を折ってしゃがみ込み、陽菜をぎゅっと抱きしめる。その瞳には、涙が滲んでいた。

「おふくろ、紹介する。大雅の娘の陽菜と、俺の惚れた女だ。このあいだ入籍届を出したから、今はもう篁六花だな」

「おっ、お初にお目にかかります。六花と申します。不束者ですが、どうぞよろしくお願いいたします」

緊張しながらも何とかつっかえずに頭を下げた。

極道のお母様へのご挨拶ってどうするの？　と思い悩みながら、無難な挨拶となった。

「お話は伺っているわ。なんだか運命みたいでロマンチックよね。龍雅こそ、不束者だけどよろしくね」

すっと立ち上がったその姿には見覚えがある。

たしか……初めて蒼龍會ビルに行った時、龍雅と一緒に車から降りてきた妙齢の美女だ。あの時はどこかのクラブのママかと思っていた。

「この子、小さい頃から自分のモノに対しては人一倍独占欲が強いのよ。六花さんのこと、祝言の夜に抱き潰さなければいいんだけど」

「――えっ」

龍雅の母からの爆弾発言に、六花はみるみる顔を真っ赤にする。

「独占欲が強いのは、ウチの家系だ」

「ほらね。いつでもこの家に逃げてきてね。ここはもう六花さんの実家なんだから」

「――は、はいっ」

「俺から逃げられると思うなよ？」

切れ長の鋭い瞳を細めて六花の腰を抱く。その手が何も心配いらないと六花に語りかけているようで、龍雅を見上げて笑いながらこくりと頷いた。

「もちろん、もう逃げたりなんかしません。一生ついて行きますから」

信じあう二人の様子に、龍雅の母も眦を下げている。

「そうそう龍雅、明日の襲名式や祝言の準備はもうできているのよ。でも幹部や執行部、若中の組長さん達が前祝いだって言って、もう宴会が始まっちゃってるの。あんた、冴島と顔出してくれる？　六花さんは奥で少しお休みになって。もう少ししたら、明日の祝言で着る色打掛を合わせましょ」

「えっ、は、はいっ」

「そんなの冴島一人で充分だろ。俺は六花と離れで――」

「だめよ、祝言の夜の宴会を早く切り上げたかったら、今日辛抱することね。さ、六花さん、陽菜ちゃんと華ちゃん、行きましょ。あー忙しい」

「オイっ！　――たく」

有無を言わせず、龍雅をチビ龍のように従わせる。

さすが龍雅の母親であると、六花は唸る。

いよいよ翌日は、昼から祝言が執り行われた。

子どもたちは別室で待機だ。六花が陽菜と華に角隠しと色打掛姿を見せに行くと、もう大歓声。

「ひなもおよめしゃんになる！　りゅーがパパとけっこんしゅる！」と駄々を捏ねるありさまだ。

「あのね、りゅーがパパは、りっかママのおむこさんなんだよ。だからおめでとうっていうのよ」

早くもお姉さんのように、華が駄々をこねる陽菜を諭している。

龍雅から教えてもらったのだが、華は実の父親が亡くなったことを受け入れられず、顔がそっくりな龍雅のことをずっとパパと呼んでいたそうだ。

けれど陽菜が「りゅーがパパ」と呼ぶのを見て、その呼び方が気に入ったのか、華も「りゅーがパパ、りっかママ」と呼んでくれている
龍雅は別にアイツらの身内には変わりないんだし、ただのパパでもいいのにな、とちょっと拗ねていた。

「じゃ、姐さん、お嬢さん方、写真撮りますね。はいっ、チーズ！」

不破に子供達との記念写真を何枚も撮ってもらうと、がらりと障子が開く。

「ほら、六花。そろそろ時間だ。行くぞ」

振り向くと、龍雅が「黒五つ紋付羽織袴」の正装で六花を迎えに来た。前髪を後ろに流し、和風で凛々しいその姿に惚れ惚れする。

「わぁー！　りゅーがパパもカッコイイ！」

子供たちに大絶賛され、そうか？　と、照れる龍雅もまた愛おしい。

――うう、保育園の篁ファンクラブの皆さん、すみません！

和風激レアスチルの龍雅さん、いただきました！

心の中の待ち受け画像を新しく入れ替える。

六花が着ているのは、龍雅の母が蒼龍會に嫁ぐときに袖を通したという色打掛を譲り受けたものだ。

なんとこの色打掛には応龍と赤牡丹の華やかな刺繍が施されていた。

――きっと龍雅さんのお母様も、この応龍と赤牡丹の打掛に色んな想いを籠めていたんだろうな。

いよいよ、私も極道に嫁ぐんだ。蒼龍會を率いる龍雅さんとこれから祝言をあげるんだ……。

今日の祝言は、蒼龍會極道の総本家の長、篁龍雅に嫁ぐ六花のお披露目式のようなものだ。関東以北の蒼龍會に名を連ねる組長らが駆け付けている。

祝言は午後からだが、龍雅は関東随一の極道である蒼龍會を率いる総長として、午前中に襲名式を執り行っていた。

極道に嫁ぐなんて、頭がおかしくなったのかと思う人もいるだろう。

六花は極道の龍雅も、いつもの爽やかなＣＥＯの龍雅も両方とも好きだ。それでも、極道に嫁ぐにはそれなりの覚悟がいる。

祝言を挙げる前に、龍雅からこれからの蒼龍會への思い――どれだけの時間がかかっても、いずれ真っ当な組織へと変革したいという信念を打ち明けられ、彼を信じてついて行くことにした。

「緊張してるのか？」

長い檜の廊下を二人並んで歩いていると、龍雅が指先に触れる六花の微妙な震えを感じ取ったらしい。

大広間の襖の前で足を止め、龍雅は六花を見下ろした。

――ああ。

六花は胸が一杯になる。この迷いのない切れ長の瞳と優し気な泣きぼくろ。

彼の顔(かんばせ)を見ていると、心に陽が差したように落ち着いてくる。

「いえ……大丈夫です」

六花は涙で瞳が潤むのを悟られないよう、俯いてぱちぱちと瞬きをして涙を散らす。

すると龍雅が六花の顎を掬い上げ、いつになく真摯に見つめて、幸せにすると囁いた。

「龍雅さん……」

「何も不安に思うことはない。六花は六花のままで、俺の隣で微笑んでくれていればいい」

宥めるような優しい口づけを落としてから六花の手をしっかりと握る。

二人の薬指には、大雅と透子の指輪が美しい光を湛えていた。

「では、総長、姐さん、前にお進みください」

いよいよ祝言の会場である大広間の襖がするりと開く。途端に盛大な拍手とともに迎え入れられた。

蒼龍會本宅にある、まるで旅館のような大広間だ。壁には江戸時代のお城にあるような虎や龍など豪華絢爛な壁画が描かれていて圧巻だ。

真正面の広い床の間には、「仁　義　礼　智　信」と記された、著名な書道家のものだろうか、蒼龍會の座右の銘であろう大きな書が掛けられている。

――す、すごい。

龍雅と同じく「黒五つ紋付羽織袴」の正装で、百人以上もいるコワモテの男たちがずらりと座し、六花を品定めするように眼光を向ける。

六花は緊張のあまり、足が竦む。

だが、その雰囲気も一変、龍雅が一同をじろりと睨み返すと、「いよっ！　待ってました！」「おめっとうさん！」「日本一の花嫁！」などと、歌舞伎の「大向う（おおむこ）」のような掛け声があちこちから飛んでくる。

笑いとともに大きな拍手が湧き、場が賑やかに盛り上がった。

六花はようやく緊張が解けて、龍雅と顔を見合わせくすりとする。彼にずっと手を握られたまま金屏風の前の高砂につくと、司会を務める極道から声が上がった。

「え――、では皆様、不詳、舎弟頭の私、旭龍会組長の後藤旭（あきら）が司会を務めさせていただきやす。それでは、お手を拝借いたします。まずは極道の手締（てじ）め、このたび目出度（めでた）く蒼龍會総長を襲名した龍雅さんの掛け声でイかせていただきやす！　一家一統うち揃っての御唱和をお願いいたします」

すると居並ぶ組長らが「おうよっ！」と一斉に龍雅の掛け声で手締めが始まった。

「いよ――っ！」

男でありたい、たいたいたい！

男で生きたい、たいたいたい！

「そーりゃっ！」

男で死にたい、たいたいたいたい！

「よ――う！」

シャン　シャン　シャン　シャン、シャン　シャン　シャン！

「よっしゃぁ！　お前らの心意気、蒼龍會九代目総長を襲名した篁龍雅が受け取った！　俺の命（タマ）は、隣にいるエゾヤマザクラこと、篁六花に捧げるぜっ」

龍雅が片膝を立てて片肌を脱ぐ。すると逞しい左胸には新たな刺青、鮮やかなエゾヤマザクラが満開に咲き乱れていた。

――そして祝言の夜。

二人は離れでしっぽりと愛し合っていた。昼間着ていた羽織袴も色打掛もなにもかも、一糸たりとも纏っていない。生まれたままの姿でお互いの匂いと体温だけを纏っている。

六花はもう何度目かの絶頂へと昇りつめていた。

二つの敷布団は乱れに乱れまくり、二人の情交の濃厚さを物語っている。

「んっ……ひぁ、んぁ、やぁ……んっ」

片足を軽々と掲げあげられ、秘部にねっとりした熱い息がかかる。たちまち体温が沸騰し、脳が蕩けそうになる。

きっと龍雅でしかイけない身体に仕込まれてしまっている。

「六花のココ、まるで朝露に濡れたエゾヤマザクラだな」

節くれた指が六花の淫唇を割り開いた。まるで蕾が綻んで開花するような、自分の全てを曝(さら)け出すような、不思議な感覚にぞわりとする。

ざらついた舌先が伸びて、花びらや敏感な秘豆を丹念に甘やかされ、六花は果てのない快楽にのたうつ。

「ああっ……、いやぁ、りゅ……が、さぁんっ、イっちゃ……んっ」

「今夜は、イきっぱなしにしてやるよ」

龍雅は蜜孔にも長い舌を沈ませ、満遍なく秘部をくつろがせてから、猛々しくそそり勃つ太茎を柔肉にあてがった。

秘裂に沿って、花びらを割り拡げるようにぬるぬると亀頭や太幹を押し付けて擦り上げる。

「あぁッ……、やぁっ」

震える細腰をぐいと掲げあげ、淫唇の上で卑猥に反り上がる陰茎を見せつけた。ぬらりと光る先端の切れ筋からは、龍雅の先走りと六花の蜜が混じった液体が涎のようにたらたらと零れている。

これ以上ないほどの淫猥な光景に、下腹部の奥がじんと甘く痺れ、ぴくぴくと太腿を戦慄かせた。

龍雅さんは自分のアソコを見せつけるのが、ことのほかお気に入りらしい。

「どうだ？　ここをこうやって弄ばれるのが好きだろう？」

「ひぅっ……、あぁ……、やぁ、それダメェ……っ、感じちゃうのッ」

「俺の亀頭に当たるたびに、小さなクリがヒクついて可愛いな。ん？　ほら」

つんつんと亀頭でキスするように秘豆をつつかれて、爪先がぴょんと跳ね上がり、ぴぃんと突っ張る。六花は駄々っ子のようにイヤイヤと首を横に揮う。

「あぁっ、そこ気持ちい……、やぁっ、おかしくなっちゃ……ッン、あぁぁ——ッ……」

「六花のイき顔、根元にクるな」

猛々しい欲望の塊りは、六花を快楽の底なし沼に引き入れた。ごりごりと太く大きなモノが反り動くたびに、亀頭の括れや肉胴の脈筋までが、未熟な粘膜を刺激する。

愛しい男の淫らな愛撫に、ぞくぞくと腰から愉悦が湧きあがり、全身から甘美な水が溢れ出しそうだ。

快感が高まるのに引き摺られ、ひっきりなしに肉びらがヒクつき、自分でも淫らだと思うほど怒張した陰茎に纏わりついている。

「……あ、はぁ……ッ。もっと、もっといっぱい龍雅さんを感じたいのッ……んっ」

「──ッ、煽りやがって……、可愛すぎる」

龍雅の陰茎がさらに固く怒張する。


──どうやってもっとおかしくさせようか。

肉棒が熱く張りつめ、六花を求めて疼いている。この底なしの愛を柔らかな六花の奥深くに刻み込ませたい。

俺なしではいられない身体に堕としてやりたい。

極道の血というものがあるのであれば、六花を可愛がっているようでいて、自分なしでは生きられないよう仕込んでいる。

これが極道の性(サガ)なのか。

龍雅は腰を行き来させ、重たげな雄を六花にこれでもかと擦りつけた。

──くそ、気持ちがいい。

今まで女には持たなかった感情だ。

まるで幾重もの花びらが敷き詰められた底なし沼だ。甘い泥濘に沈むような快楽に、陰茎がビクビクと脈動する。

「く──ぅ」

危うく熱いものが込み上げ射精しかけてしまう。肚に渾身の力を入れて射精感を堪えていると、秘部が見たこともないほどの濃いピンクに染まっていた。

「なんて……綺麗だ、六花……」

自分でも甘いと分るほど肚の底から響く艶声に、六花が感じたようで肌理の細かい肌や瞼がぴくぴくと戦慄く。

──なんて可愛い。喰らいついてしまいたいほどだ。

六花の秘部がエゾヤマザクラなら、龍雅の赤黒い陰茎は、花弁を支える太い幹のようだった。

龍雅だけが見ることの出来る満開の絶景。たっぷりと時間をかけて、エゾヤマザクラを鑑賞しながら、ゆるゆると生温かな花びらのあわいを行き来する。

──ああ、死ぬまでずっとこうしていたい。

明日も明後日も、昼も夜も、時間など分らなくなるほどずっと交わりとおしたい。

そう思えるほど、愛しい。

龍雅は快楽を存分に貪ってから、蜜でとろとろになった切っ先を蜜孔に呑み込ませた。

「――――ぅ」

なんて締め付けだ。

ぐちゅっと肉を押し潰したような感覚が伝わり、己の肉棒で女という瑞々しい柘榴の実をぐちょぐちょにする背徳感が湧き上がる。

だが、蜜肉は龍雅の形に沿ってきゅっと締まり、淫猥に雄幹に纏わりついてくる。

龍雅は鋼の精神で肉襞を掻き分け、長い陰茎を快楽の秘壺へと呑み込ませた。

だが途中で我慢できずに、ずんっと最奥に捻じ込むように突き上げると、六花が感涙に咽び泣いた。

「ひぅ……んぁ、あぁ……っ、おっきぃ」

「きゅうきゅう締め付けている。六花も俺が恋しかったのか？」

何度も身体を重ねたはずなのに、六花は快楽にことのほか弱い。

あやすようにクイクイと太茎を揺らせば、たちまち甘く強請るような喘ぎが漏れてくる。

愛しさに龍雅の胸が灼け爛れてしまいそうなほどだ。

こんなに俺の身体を灼き、胸を焦がすことができるのは六花だけだ。

龍雅を骨抜きにする甘い芳香は、秘部だけではなく、しっとりと濡れた全身から漂っていた。

しなやかな肌が龍雅に吸いつき、男の肌の味を堪能しているみたいだ。

「──六花、ああ、六花……ッ」

──おかしくなる。

龍雅は折れそうな膝裏を掲げあげ、真上から突き刺すように己の怒張を抜き差しする。突き立てた雄茎が、ぬぽっと奥まで呑み込まれる感覚に、腰が砕けそうなほどの快楽が迸った。

「引き込まれて喰いちぎられそうだ」

猛然と腰を揮うと、二人の陰部がパンパンパンっと卑猥な打擲音を掻き鳴らした。突き立てるたびに、六花が小さく喘ぐのが堪らない。

本宅では宴会が続いているだろうが、この離れは二人の甘い牢獄だ。

「いい子だ。そのまま堪(こら)えてるんだぞ。もっと悦くしてやる」

貪るように六花の蜜壺を蹂躙する。上と下から涎を垂れ流し、善がる肢体にぞくぞくした愛欲が掻き立てられた。

──ああ。愛しさで胸が詰まりそうなほど、六花に惚れている。

コイツがいなくなったら、きっと生きていけない。

「俺の想いを奥に刻み込んでやるよ」

龍雅は息を荒げながら、切れ長の瞳をフッと加虐的に細めて六花を見下ろした。

六花もまた、下腹部で熱く大きく脈打つ彼の雄芯に突き上げられて、白い喉をヒクつかせた。

すっかり龍雅の形を覚え込んだ膣肉は、巨大な侵入物を大喜びで舐めしゃぶっている。深い泣きどころを亀頭のエラに抉られれば、蜜壺が歓喜に沸き立ち、思考が蕩け落ちてしまいそうだ。

「あ、も、だめ……。イっちゃ、んッ、りゅ……がさ、やぁ、イっちゃう――ッ」

「六花、たっぷり奥に注いでやる。何度でもイくといい」

龍雅は六花の両手に指を絡めて握りしめた。

お互いの体液に塗れた肌もぐしょぐしょの性器も、熱い体温も艶めかしい吐息さえも淫らに溶け合い混ざりあう。

男らしい腰が大きくしなりズンっと激しく突き上げられる。

雄の咆哮にも似た唸り声が響き、固く肥大した怒張から欲望がビュクビュクと吹きあがった。

龍雅の愛が、なみなみと注がれる。お腹の中に渦巻くように。

「龍雅さん……ッ、好き。龍雅さんでいっぱいにして」

「ああ、たっぷり満たしてやる。俺もおかしくなるぐらい六花のことを愛している」

射精しながら龍雅が六花に口づける。なんどもなんども狂おしく食むように。

愛欲の混じった荒々しい呼吸が六花の心をときめかせた。

繋がっている部分が灼けるように熱い。なのに多幸感に包まれて、涙が滲んだ。

最奥には果てのないほど、夥しい精が流れ込んできて、六花は汗に濡れた愛しい人の逞しい身体をぎゅうと抱きしめた。

——もう何も考えられない。

ただ、龍雅が好き——。

愛しています。


そうして二人は繋がったまま、悦楽の彼方で幸せな夢の中に微睡んでいた。

可愛い女の子たち——陽菜と華が目をキラキラさせて、六花が抱いている小さな赤ちゃんを覗き込んでいる。

——かあいいね。

うん、かわいいね。

二人のやり取りに頬が緩み心が暖かくなる。

ふと隣を見ると、優し気な切れ長の瞳が六花と赤子を見つめて揺らめいている。

——最愛の夫にして極道渡世の道を歩む龍雅が、生まれたばかりの息子の頬を撫でていた。

「俺の愛する家族が四人になったな。産んでくれてありがとう、六花。みんな愛しているよ」